也是夕阳,
也是旭日

史铁生 等◎著

浙江人民出版社

只 为 优 质 阅 读

好
读

Goodreads

無事此靜坐一日似兩日
東坡詩知彌寫

我们看夕阳,看秋河,看花,听雨,闻香,
喝不求解渴的酒,吃不求饱的点心,
都是生活上必要的。

花开了,就像花睡醒了似的。鸟飞了,就像鸟上天了似的。虫子叫了,就像虫子在说话似的。一切都活了。都有无限的本领,要做什么,就做什么。要怎么样,就怎么样。都是自由的。

合要合得来
分要分得开

在科学的迷茫之处,在命运的混沌之点,
人唯有乞灵于自己的精神。
不管我们信仰什么,都是我们自己的精神的描述和引导。

晚風吹人醒
萬事藏於心

近来忙得出奇。
恍忽之间，仿佛看见一狗，一马，或一驴，
其身段神情颇似我自己。

晨起待花开，闲来煮茶

在这样一个时候，这样一个地方，
有这样的花，有这样的香，我就觉得很不寻常；
有花香慰我寂寞，我甚至有一些近乎感激的心情了。

不堪盈手赠
还寝梦佳期

你走，我不送你；
你来，无论多大风多大雨，
我要去接你。

目录

辑一

一定要爱着点什么

太阳每时每刻都是夕阳也都是旭日。
当它熄灭着走下山去收尽苍凉残照之际，
正是它在另一面燃烧着爬上山巅布散烈烈朝晖之时。

我二十一岁那年 —————————— 史铁生 / 003

背影 —————————— 朱自清 / 020

四位先生 —————————— 老　舍 / 023

祖父的园子 —————————— 萧　红 / 030

小船上的信 —————————— 沈从文 / 035

我与地坛 —————————— 史铁生 / 039

辑二

以欢喜之心，慢度日常

我有一几一椅一榻，
酣睡写读，均已有着，
我亦不复他求。

听雨 ———————————————— 季羡林 / 067

踢毽子 ——————————————— 汪曾祺 / 073

佛手之香 —————————————— 肖复兴 / 077

雅舍 ————————————————— 梁实秋 / 081

阳光容器 —————————————— 周　涛 / 085

荠菜花 ——————————————— 陈晓卿 / 089

辑三

四方食事,不过一碗人间烟火

高邮咸蛋的特点是质细而油多。
筷子头一扎下去,
吱——红油就冒出来了。

故乡的食物 —————————————— 汪曾祺 / 095

胡桃云片 —————————————— 丰子恺 / 113

烙馍 ———————————————— 陈晓卿 / 117

饺子帖 ——————————————— 肖复兴 / 122

说扬州 ——————————————— 朱自清 / 130

北京的茶食 ————————————— 周作人 / 135

辑四

勇敢的人先享受世界

我们玩得忘记时间,
直到听见女主人站在一块大石头上高喊,
声音高高地飘到天上又落在草地的大石头间。

远路上的新疆饭 ———————— 刘亮程 / 139

天目山中笔记 ———————— 徐志摩 / 153

江行的晨暮 ———————— 朱　湘 / 159

看树 ———————————— 废　名 / 161

钓台的春昼 ———————— 郁达夫 / 163

赏菊狮子林 ———————— 周瘦鹃 / 173

辑五

万物生灵,天真可爱

从隔壁要了一只新生的猫来。
花白的毛,很活泼,常如带着泥土的白雪球似的,
在廊前太阳光里滚来滚去。

猫 ———————————— 郑振铎 / 179

沙坪小屋的鹅 ———————— 丰子恺 / 185

马缨花 ————————————— 季羡林 / 191

冬天的麻雀 ————————— 周作人 / 197

巩乃斯的马 ————————— 周　涛 / 199

葡萄月令 —————————— 汪曾祺 / 207

辑六

也是夕阳,也是旭日

生活是种律动,
须有光有影,有左有右,有晴有雨;
滋味就含在这变而不猛的曲折里。

匆匆 ———————————— 朱自清 / 217

忙 ————————————— 老 舍 / 219

最苦与最乐 —————————— 梁启超 / 222

天真与经验 —————————— 梁遇春 / 225

小病 ————————————— 老 舍 / 231

送行 ————————————— 梁实秋 / 234

辑一

一定要爱着点什么

我坐的是后面,
凡为船后的天、地、水,我全可以看到。
我就这样一面看水一面想你。
我快乐,就想应当同你快乐,
我闷,就想要你在我必可以不闷。

我二十一岁那年

史铁生

友谊医院神经内科病房有十二间病室,除去1号2号,其余十间我都住过。当然,绝不为此骄傲。即便多么骄傲的人,据我所见,一躺上病床也都谦恭。1号和2号是病危室,是一步登天的地方,上帝认为我住那儿为时尚早。

十九年前,父亲搀扶着我第一次走进那病房。那时我还能走,走得艰难,走得让人伤心就是了。当时我有过一个决心:要么好,要么死,一定不再这样走出来。

正是晌午,病房里除了病人的微鼾,便是护士们轻极了的脚步,满目洁白,阳光中飘浮着药水的味道,如同信徒走进了庙宇,我感觉到了希望。一位女大夫把我引进10号病室。她贴近我的耳朵轻轻柔柔地问:"午饭吃了没?"我说:"您说我的病还能好吗？"她笑了笑。记不得她怎样回答了，单记得她说了一句什么之后，父亲的愁眉也略略地舒展。女大夫步履轻盈地走后，我永远留住了一个偏见：女人是最应该当大夫的，白大褂是她们最优雅的服装。

那天恰是我二十一岁生日的第二天。我对医学对命运都还未及了解，不知道病出在脊髓上将是一件多么麻烦的事。我舒心地躺下来睡了个好觉。心想：十天，一个月，好吧就算是三个月，然后我就又能是原来的样子了。和我一起插队的同学来看我时，也都这样想，他们给我带来很多书。

10号有六个床位。我是6床。5床是个农民，他天天都盼着出院。"光房钱一天一块一毛五，你算算得啦，"5床说，"'死病'值得了这么些？"3床就说："得了嘿，你有完没完！死死死，数你悲观。"4床是个老头，说："别介别介，咱毛主席有话啦——既来之，则安之。"农民便带笑地把目光转向我，却是对他们说："敢情你们都有公费医疗。"他知道我还在与贫下中农相结合。1床不说话，1床一旦说话即可出院。2床像是个有些来头的人，举手投足之间便赢得大伙儿的敬畏。2床幸福地把一切名词都忘了，包括忘了自己的姓名。2床讲话时，所有名词都以"这个""那个"代替，因而讲到一些轰轰烈烈的事迹却听不出是谁人所为。4床说："这多好，不得罪人。"

我不搭茬儿。刚有的一点儿舒心顷刻全光。一天一块多房钱都要从父母的工资里出,一天好几块的药钱、饭钱都要从父母的工资里出,何况为了给我治病家中早已是负债累累了。我马上就想那农民之所想了:什么时候才能出院呢?我赶紧松开拳头让自己放明白点儿:这是在医院不是在家里,这儿没人会容忍我发脾气,而且砸坏了什么还不是得用父母的工资去赔?所幸身边有书,想来想去只好一头埋进书里去,好吧好吧,就算是三个月!我平白地相信这样一个期限。

可是三个月后我不仅没能出院,病反而更厉害了。

那时我和2床一起住到了7号。2床果然不同寻常,是位局长,十一级干部,但还是多了一级,非十级以上者无缘去住高干病房的单间。7号是这普通病房中唯一仅设两张病床的房间,最接近单间,故一向由最接近十级的人去住。据说刚有个十三级从这儿出去。2床搬来名正言顺。我呢?护士长说是"这孩子爱读书",让我帮助2床把名词重新记起来。"你看他连自己是谁都闹不清了。"护士长说。但2床却因此越来越让人喜欢。因为"局长"也是名词也在被忘之列,我们之间的关系日益平等、融洽。有一天他问我:"你是干什么的?"我说:"插队的。"2床说他的"那个"也是,两个"那个"都是,他在高出他半个头的地方比画一下:"就是那两个,我自己养的。""您是说您的两个儿子?"他说对,儿子。他说好哇,革命嘛就不能怕苦,就是要去结合。他说:"我们当初也是从那儿出来的嘛。"我说:"农村?""对对对。什么?""农村。""对对对农村。别忘本呀!"我说是。我说:"您的家乡是哪儿?"他于是抱着头想好久。这一回我也没办法提醒他。最后他骂一句,不想了,说:"我也放过那玩意儿。"他在头顶上伸直两个手指。"是牛吗?"他摇摇头,手往低处一压。"羊?""对了,羊。我放过羊。"他躺下,双手垫在脑后,甜甜蜜蜜地望着天花板老半天不言语。大夫说他这病叫作"角回综合征,命名性失语",并不影响其他记忆,尤其是遥远的往事更都记得清楚。我想局长到底是局长,比我会得病。他忽然又坐起来:"我的那个,喂,小什么来?""小儿子?""对!"他怒气冲冲地跳到地上,说:"那个小玩意儿,娘个×!"说:"他要去结合,我说好嘛我支持。"说:"他来信要钱,说要办个这个。"他指了指周围,我想"那个小玩意儿"可能是要办个医疗站。他说:"好嘛,要多少?我给。可那个小玩意儿!"他背着手气哼哼地来回走,然后停住,两手一摊,"可他又要在那儿结婚!""在农村?""对。农村。""跟农民?""跟农民。"无论是根据我当时的思想觉悟,还是根据报纸电台当时的宣传倡导,这都是值得肃然起敬的。"扎根派。"我钦佩地说。"娘了个×派!"他说,"可你还要不要回来嘛!"这下我有点儿发蒙。见我愣着,他又一跺脚,补充道:"可你还要不要革命?"这下我懂了,先不管革命是什么，2床的坦诚却令人欣慰。

不必去操心那些玄妙的逻辑了。整个冬天就快过去，我反倒拄着拐杖都走不到院子里去了，双腿日甚一日地麻木，肌肉无可遏止地萎缩，这才是需要发愁的。

我能住到7号来，事实上是因为大夫护士们都同情我。因为我还这么年轻，因为我是自费医疗，因为大夫护士都已经明白我这病的前景极为不妙，还因为我爱读书——在那个"知识越多越反动"的年代，大夫护士们尤为喜爱一个爱读书的孩子。他们还把我当孩子。他们的孩子有不少也在插队。护士长好几次在我母亲面前夸我，最后总是说："唉，这孩子……"这一声叹，暴露了当代医学的爱莫能助。他们没有别的办法帮助我，只能让我住得好一点儿，安静些，读读书吧——他们可能是想，说不定书中能有"这孩子"一条路。

可我已经没了读书的兴致。整日躺在床上，听各种脚步从门外走过；希望他们停下来，推门进来，又希望他们千万别停，走过去走他们的路去别来烦我。心里荒荒凉凉地祈祷：上帝如果你不收我回去，就把能走路的腿也给我留下！我确曾在没人的时候双手合十，出声地向神灵许过愿。多年以后才听一位无名的哲人说过：危卧病榻，难有无神论者。如今来想，有神无神并不值得争论，但在命运的混沌之点，人自然会忽略着科学，向虚冥之中寄托一份虔敬的祈盼。正如迄今人类最美好的向往也都没有实际的验证，但那向往并不因此消灭。

主管大夫每天来查房，每天都在我的床前停留得最久："好吧，别急。"按规矩主任每星期查一次房，可是几位主任时常都来看看我："感觉怎么样？嗯，一定别着急。"有那么些天全科的大夫都来看我，八小时以内或以外，单独来或结队来，检查一番各抒主张，然后都对我说："别着急，好吗？千万别急。"从他们谨慎的言谈中我渐渐明白了一件事：我这病要是因为一个肿瘤的捣鬼，把它打出来切下去随便扔到一个垃圾桶里，我就还能直立行走，否则我多半就是把祖先数百万年进化而来的这一优势给弄丢了。

窗外的小花园里已是桃红柳绿，二十二个春天没有哪一个像这样让人心抖。我已经不敢去羡慕那些在花丛树行间漫步的健康人和在小路上打羽毛球的年轻人。我记得我久久地看过一个身着病服的老人，在草地上踱着方步晒太阳；只要这样我想只要这样！只要能这样就行了就够了！我回忆脚踩在软软的草地上是什么感觉，想走到哪儿就走到哪儿是什么感觉，踢一颗路边的石子，踢着它走是什么感觉，没这样回忆过的人不会相信，那竟是回忆不出来的！老人走后我仍呆望着那块草地，阳光在那儿慢慢地淡薄，脱离，凝作一缕孤哀凄寂的红光一步步爬上墙，爬上楼顶……我写下一句歪诗：轻拨小窗看春色，漏入人间一斜阳。日后我摇着轮椅特意去看过那块草地，并从那儿张望7号窗口，猜想那玻璃后面现在住的谁，上帝打算为他挑选什么前程。当然，上帝用不着征求他的意见。

我乞求，上帝不过是在和我开着一个临时的玩笑——在我的脊椎里装进了一个良性的瘤子。对对，它可以长在椎管内，但必须要长在软膜外，那样才能把它剥离而不损坏那条珍贵的脊髓。"对不对，大夫？""谁告诉你的？""对不对吧？"大夫说："不过，看来不太像肿瘤。"我用目光在所有的地方写下"上帝保佑"，我想，或许把这四个字写到千遍万遍就会赢得上帝的怜悯，让它是个瘤子，一个善意的瘤子。要么干脆是个恶毒的瘤子，能要命的那一种，那也行。总归得是瘤子，上帝！

朋友送了我一包莲子，无聊时我捡几颗泡在瓶子里，想，赌不赌一个愿？——要是它们能发芽，我的病就不过是个瘤子。但我战战兢兢地一直没敢赌。谁料几天后莲子竟都发芽。我想好吧我赌！我想其实我压根儿是倾向于赌的。我想倾向于赌事实上就等于是赌了。我想现在我还敢赌——它们一定能长出叶子！（这是明摆着的。）我每天给它们换水，早晨把它们移到窗台西边，下午再把它们挪到东边，让它们总在阳光里；为此我抓住床栏走，扶住窗台走，几米路我走得大汗淋漓。这事我不说，没人知道。不久，它们长出一片片圆圆的叶子来。"圆"，又是好兆。我更加周到地伺候它们，坐回到床上气喘吁吁地望着它们，夜里醒来在月光中也看看它们：好了，我要转运了。并且忽然注意到

"莲"与"怜"谐意，毕恭毕敬地想：上帝终于要对我发发慈悲了吧？这些事我不说没人知道。叶子长出了瓶口，闲人要去摸，我不让，他们硬是摸了呢，我便在心里加倍地祈祷几回。这些事我不说，现在也没人知道。然而科学胜利了，它三番五次地说那儿没有瘤子，没有没有。果然，上帝直接在那条娇嫩的脊髓上做了手脚！定案之日，我像个冤判的屈鬼那样疯狂地作乱，挣扎着站起来，心想干吗不能跑一回给那个没良心的上帝瞧瞧？后果很简单，如果你没摔死你必会明白：确实，你干不过上帝。

我终日躺在床上一言不发，心里先是完全的空白，随后由着一个死字去填满。王主任来了。（那个老太太，我永远忘不了她。还有张护士长。八年以后和十七年以后，我两次真的病到了死神门口，全靠这两位老太太又把我抢下来。）我面向墙躺着，王主任坐在我身后许久不说什么，然后说了，话并不多，大意是：还是看看书吧，你不是爱看书吗？人活一天就不要白活。将来你工作了，忙得一点儿时间都没有，你会后悔这段时光就让它这么白白地过去了。这些话当然并不能打消我的死念，但这些话我将受用终生，在以后的若干年里我频繁地对死神抱有过热情，但在未死之前我一直记得王主任这些话，因而还是去做些事。使我没有去死的原因很多（我在另外的文章里写过），"人活一天就不要白活"亦为其一，慢慢地去做些事于是慢慢地有了活的兴致和价值感。有一年我去医院看她,把我写的书送给她,她已是满头白发了,退休了,但照常在医院里从早忙到晚。我看着她想,这老太太当年必是心里有数,知道我还不至于去死,所以她单给我指一条活着的路。可是我不知道当年我搬离7号后,是谁最先在那儿发现过一团电线?并对此做过什么推想?那是个秘密,现在也不必说。假定我那时真的去死了呢?我想找一天去问问王主任。我想,她可能会说"真要去死那谁也管不了";可能会说"要是你找不到活着的价值,迟早还是想死";可能会说"想一想死倒也不是坏事,想明白了倒活得更自由";可能会说"不,我看得出来,你那时离死神还远着呢,因为你有那么多好朋友"。

友谊医院——这名字叫得好。"同仁""协和""博爱""济慈",这样的名字也不错,但或稍嫌冷静,或略显张扬,都不如"友谊"听着那么平易、亲近。也许是我的偏见。二十一岁末尾,双腿彻底背叛了我,我没死,全靠着友谊。还在乡下插队的同学不断写信来。软硬兼施劝骂并举,以期激起我活下去的勇气;已转回北京的同学每逢探视日必来看我,甚至非探视日他们也能进来。"怎进来的你们?""咳,闭上一只眼睛想一会儿就进来了。"这群插过队的,当年可以凭一张站台票走南闯北,甭担心还有他们走不通的路。那时我搬到了加号。加号原来不是病房,里面有个小楼梯间,楼梯间弃置不用了,余下的地方仅够放一张床，虽然窄小得像一节烟筒，但毕竟是单间，光景固不可比十级，却又非十一级可比。这又是大夫护士们的一番苦心，见我的朋友太多，都是少男少女难免说笑得不管不顾，既不能影响了别人又不可剥夺了我的快乐，于是给了我十点五级的待遇。加号的窗口朝向大街，我的床紧挨着窗，在那儿我度过了二十一岁中最惬意的时光。每天上午我就坐在窗前清清静静地读书，很多名著我都是在那时读到的，也开始像模像样地学着外语。一过中午，我便直着眼睛朝大街上眺望，尤其注目骑车的年轻人和5路汽车的车站，盼着朋友们来。有那么一阵子我暂时忽略了死神。朋友们来了，带书来，带外面的消息来，带安慰和欢乐来，带新朋友来，新朋友又带新的朋友来，然后都成了老朋友。以后的多少年里，友谊一直就这样在我身边扩展，在我心里深厚。把加号的门关紧，我们自由地嬉笑怒骂，毫无顾忌地议论世界上所有的事，高兴了还可以轻声地唱点儿什么——陕北民歌，或插队知青自己的歌。晚上朋友们走了，在小台灯幽寂而又喧嚣的光线里，我开始想写点儿什么，那便是我创作欲望最初的萌生。我一时忘记了死，还因为什么？还因为爱情的影子在隐约地晃动。那影子将长久地在我心里晃动，给未来的日子带来幸福也带来痛苦，尤其带来激情，把一个绝望的生命引领出死谷；无论是幸福还是痛苦，都会成为永远的珍藏和神圣的纪念。

二十一岁、二十九岁、三十八岁,我三进三出友谊医院,我没死,全靠了友谊。后两次不是我想去勾结死神,而是死神对我有了兴趣;我高烧到四十多度,朋友们把我抬到友谊医院,内科说没有护理截瘫病人的经验,柏大夫就去找来王主任,找来张护士长,于是我又住进神内病房。尤其是二十九岁那次,高烧不退,整天昏睡、呕吐,差不多三个月不敢闻饭味,光用血管去喝葡萄糖,血压也不安定,先是低压升到一百二接着高压又降到六十,大夫们一度担心我活不过那年冬天了——肾,好像是接近完蛋的模样,治疗手段又像是接近于无了。我的同学找柏大夫商量,他们又一起去找唐大夫。要不要把这事告诉我父亲?他们决定:不。告诉他,他还不是白着急?然后他们分了工:死的事由我那同学和柏大夫管,等我死了由他们去向我父亲解释;活着的我由唐大夫多多关照。唐大夫说:"好,我可以以教学的理由留他在这儿,他活一天就还要想一天办法。"当然,这些事都是我后来听说的。真是人不当死鬼神奈何其不得,冬天一过我又活了,看样子极可能活到下一个世纪去。唐大夫就是当年把我接进10号的那个大夫,就是那个步履轻盈温文尔雅的女大夫,但八年过去她已是两鬓如霜了。又过了九年,我第三次住院时唐大夫已经不在。听说我又来了,科里的老大夫、老护士们都来看我,问候我,夸我的小说写得还不错,跟我叙叙家常,唯唐大夫不能来了。我知道她不能来了,她不在了。我曾摇着轮椅去给她送过一个小花圈,大家都说:"她是累死的,她肯定是累死的!"我永远记得她把我迎进病房的那个中午,她贴近我的耳边轻轻柔柔地问:"午饭吃了没?"倏忽之间,怎么,她已经不在了?她不过才五十岁出头。这事真让人哑口无言,总觉得不大说得通,肯定是谁把逻辑摆弄错了。

但愿柏大夫这一代的命运会好些。实际只是当着众多病人时我才叫她柏大夫。平时我叫她"小柏"她叫我"小史"。她开玩笑时自称是我的"私人保健医",不过这不像玩笑这很近实情。近两年我叫她"老柏"她叫我"老史"了。十九年前的深秋,病房里新来个卫生员,梳着短辫儿,戴一条长围巾穿一双黑灯芯绒鞋,虽是一口地道的北京城里话,却满身满脸的乡土气尚未退尽。"你也是插队的?"我问她。"你也是?"听得出来,她早已知道了。"你哪届?""老初二。你呢?""我六八,老初一。你哪儿?""陕北。你哪儿?""我内蒙。"这就行了,全明白了,这样的招呼是我们这代人的专利,这样的问答立刻把我们拉近。我料定,几十年后这样的对话仍会在一些白发苍苍的人中间流行,仍是他们之间最亲切的问候和最有效的沟通方式;后世的语言学者会煞费苦心地对此做一番考证,正儿八经地写一篇论文去得一个学位。而我们这代人是怎样得一个学位的呢?十四五岁停学,十七八岁下乡,若干年后回城,得一个最被轻视的工作,但在农村待过了还有什么工作不能干的呢,同时学心不死业余苦读，好不容易上了个大学，毕业之后又被轻视——因为真不巧你是个"工农兵学员"，你又得设法摘掉这个帽子，考试考试考试这代人可真没少考试，然后用你加倍的努力让老的少的都服气，用你的实际水平和能力让人们相信你配得上那个学位——比如说，这就是我们这代人得一个学位的典型途径。这还不是最坎坷的途径。"小柏"变成"老柏"，那个卫生员成为柏大夫，大致就是这么个途径，我知道，因为我们已是多年的朋友。她的丈夫大体上也是这么走过来的，我们都是朋友了；连她的儿子也叫我"老史"。闲下来细细去品，这个"老史"最令人羡慕的地方，便是一向活在友谊中。真说不定，这与我二十一岁那年恰恰住进了"友谊"医院有关。

因此偶尔有人说我是活在世外桃源，语气中不免流露了一点儿讥讽，仿佛这全是出于我的自娱甚至自欺。我颇不以为然。我既非活在世外桃源，也从不相信有什么世外桃源。但我相信世间桃源，世间确有此源，如果没有恐怕谁也就不想再活；倘此源有时弱小下去，依我看，至少讥讽并不能使其强大。千万年来它作为现实，更作为信念，这才不断。它源于心中再流入心中，它施于心又由于心，这才不断。欲其强大，舍心之虔诚又向何求呢？

也有人说我是不是一直活在童话里，语气中既有赞许又有告诫。赞许并且告诫，这很让我信服。赞许既在，告诫并不意指人们之间应该加固一条防线，而只是提醒我：童话的缺憾不在于它太美，而在于它必要走进一个更为纷繁而且严酷的世界，那时只怕它太娇嫩。

事实上在二十一岁那年，上帝已经这样提醒我了，他早已把他的超级童话和永恒的谜语向我略露端倪。

住在4号时，我见过一个男孩。他那年七岁，家住偏僻的山村，有一天传说公路要修到他家门前了，孩子们都翘首以待好梦联翩。公路终于修到，汽车终于开来，乍见汽车，孩子们惊讶兼着胆怯，远远地看。日子一长孩子便有奇想，发现扒住卡车的尾巴可以威风凛凛地兜风，他们背着父母玩得好快活。可是有一次，只一次，这七岁的男孩失手从车上摔了下来。他住进医院时已经不能跑，四肢肌肉都在萎缩。病房里很寂寞，孩子一瘸一瘸地到处串；淘得过分了，病友们就说他："你说说你是怎么伤的？"孩子立刻低了头，老老实实地一动不动。"说呀？""说，因为什么？"孩子嗫嚅着。"喂，怎么不说呀？给忘啦？""因为扒汽车。"孩子低声说。"因为淘气。"孩子补充道。他在诚心诚意地承认错误。大家都沉默，除了他自己谁都知道：这孩子伤在脊髓上，那样的伤是不可逆的。孩子仍不敢动，规规矩矩地站着用一双正在萎缩的小手擦眼泪。终于会有人先开口，语调变得哀柔："下次还淘不淘了？"孩子很熟悉这样的宽容或原谅，马上使劲摇头："不，不，不了！"同时松一口气了。但这一回不同以往,怎么没有人接着向他允诺"好啦,只要改了就还是好孩子"呢?他睁大眼睛去看每一个大人,那意思是:还不行吗?再不淘气了还不行吗?他不知道,他还不懂,命运中有一种错误是只能犯一次的,并没有改正的机会,命运中有一种并非是错误的错误(比如淘气,是什么错误呢),但它却是不被原谅的。那孩子小名叫"五蛋",我记得他,那时他才七岁,他不知道,他还不懂。未来,他势必有一天会知道,可他势必有一天就会懂吗?但无论如何,那一天就是一个童话的结尾。在所有童话的结尾处,让我们这样理解吧:上帝为锤炼生命,将布设下一个残酷的谜语。

住在6号时,我见过有一对恋人。那时他们正是我现在的年纪,四十岁。他们是大学同学。男的二十四岁时本来就要出国留学,日期已定,行装都备好,可命运无常,不知因为什么屁大的一点儿事不得不拖延一个月,偏就在这一个月里因为一次医疗事故他瘫痪了。女的对他一往情深,等着他,先是等着他病好,没等到;然后还等着他,等着他同意跟她结婚,还是没等到。外界的和内心的阻力重重,一年一年,男的既盼着她来又说服着她走。但一年一年,病也难逃爱也难逃,女的就这么一直等着。有一次她狠了狠心,调离北京到外地去工作了,但是斩断感情却不这么简单,而且再想调回北京也不这么简单,女的只要有三天假期也迢迢千里地往北京跑。男的那时病更重了,全身都不能动了，和我同住一个病室。女的走后，男的对我说过："你要是爱她，你就不能害她，除非你不爱她，可是你又为什么要结婚呢？"男的睡着了，女的对我说过："我知道他这是爱我，可他不明白其实这是害我，我真想一走了事，我试过，不行，我知道我没法不爱他。"女的走了男的又对我说过："不不，她还年轻，她还有机会，她得结婚，她这人不能没有爱。"男的睡了女的又对我说过："可什么是机会呢？机会不在外面在心里，结婚的机会有可能在外边，可爱情的机会只能在心里。"女的不在时，我把她的话告诉男的，男的默然垂泪。我问他："你干吗不能跟她结婚呢？"他说："这你还不懂。"他说："这很难说得清，因为你活在整个这个世界上。"他说："所以，有时候这不是光由两个人就能决定的。"我那时确实还不懂。我找到机会又问女的："为什么不是两个人就能决定的？"她说："不，我不这么认为。"她说："不过确实，有时候这确实很难。"她沉吟良久，说："真的，跟你说你现在也不懂。"十九年过去了，那对恋人现在该已经都是老人。我不知道现在他们各自在哪儿，我只听说他们后来还是分手了。十九年中，我自己也有过爱情的经历了，现在要是有个二十一岁的人问我爱情都是什么？大概我也只能回答：真的，这可能从来就不是能说得清的。无论她是什么，她都很少属于语言，而是全部属于心的。还是那位台湾作家三毛说得对：爱如禅，不能说不能说，一说就错。那也是在一个童话的结尾处,上帝为我们能够永远地追寻着活下去,而设置的一个残酷却诱人的谜语。

二十一岁过去,我被朋友们抬着出了医院,这是我走进医院时怎么也没料到的。我没有死,也再不能走,对未来怀着希望也怀着恐惧。在以后的年月里,还将有很多我料想不到的事发生,我仍旧有时候默念着"上帝保佑"而陷入茫然。但是有一天我认识了神,他有一个更为具体的名字——精神。在科学的迷茫之处,在命运的混沌之点,人唯有乞灵于自己的精神。不管我们信仰什么,都是我们自己的精神的描述和引导。

背影

朱自清

我与父亲不相见已二年余了，我最不能忘记的是他的背影。那年冬天，祖母死了，父亲的差使也交卸了，正是祸不单行的日子，我从北京到徐州，打算跟着父亲奔丧回家。到徐州见着父亲，看见满院狼藉的东西，又想起祖母，不禁簌簌地流下眼泪。父亲说："事已如此，不必难过，好在天无绝人之路！"

回家变卖典质，父亲还了亏空；又借钱办了丧事。这些日子，家中光景很是惨淡，一半为了丧事，一半为了父亲赋闲。丧事完毕，父亲要到南京谋事，我也要回北京念书，我们便同行。

到南京时，有朋友约去游逛，勾留了一日；第二日上午便须渡江到浦口，下午上车北去。父亲因为事忙，本已说定不送我，叫旅馆里一个熟识的茶房陪我同去。他再三嘱咐茶房，甚是仔细。但他终于不放心，怕茶房不妥帖；颇踌躇了一会。其实我那年已二十岁，北京已来往过两三次，是没有什么要紧的了。他踌躇了一会，终于决定还是自己送我去。我两三回劝他不必去；他只说："不要紧，他们去不好！"

我们过了江，进了车站。我买票，他忙着照看行李。行李太多了，得向脚夫行些小费，才可过去。他便又忙着和他们讲价钱。我那时真是聪明过分，总觉他说话不大漂亮，非自己插嘴不可。但他终于讲定了价钱；就送我上车。他给我拣定了靠车门的一张椅子；我将他给我做的紫毛大衣铺好坐位。他嘱我路上小心，夜里警醒些，不要受凉。又嘱托茶房好好照应我。我心里暗笑他的迂，他们只认得钱，托他们真是白托！而且我这样大年纪的人，难道还不能料理自己吗？唉，我现在想想，那时真是太聪明了！

我说道："爸爸，你走吧。"他望车外看了看，说："我买几个橘子去。你就在此地，不要走动。"我看那边月台的栅栏外有几个卖东西的等着顾客。走到那边月台，须穿过铁道，须跳下去又爬上去。父亲是一个胖子，走过去自然要费事些。我本来要去的，他不肯，只好让他去。我看见他戴着黑布小帽，穿着黑布大马褂，深青布棉袍，蹒跚地走到铁道边，慢慢探身下去，尚不大难。可是他穿过铁道，要爬上那边月台，就不容易了。他用两手攀着上面，两脚再向上缩；他肥胖的身子向左微倾，显出努力的样子。这时我看见他的背影，我的泪很快地流下来了。我赶紧拭干了泪，怕他看见，也怕别人看见。我再向外看时，他已抱了朱红的橘子望回走了。过铁道时，他先将橘子散放在地上，自己慢慢爬下，再抱起橘子走。到这边时，我赶紧去搀他。他和我走到车上，将橘子一股脑儿放在我的皮大衣上。于是扑扑衣上的泥土，心里很轻松似的，过一会说："我走了；到那边来信！"我望着他走出去。他走了几步，回过头看见我，说："进去吧，里边没人。"等他的背影混入来来往往的人里，再找不着了，我便进来坐下，我的眼泪又来了。

近几年来，父亲和我都是东奔西走，家中光景是一日不如一日。他少年出外谋生，独力支持，做了许多大事。哪知老境却如此颓唐！他触目伤怀，自然情不能自已。情郁于中，自然要发之于外；家庭琐屑便往往触他之怒。他待我渐渐不同往日。但最近两年的不见，他终于忘却我的不好，只是惦记着我，惦记着我的儿子。我北来后，他写了一信给我，信中说道："我身体平安，惟膀子疼痛厉害，举箸提笔，诸多不便，大约大去之期不远矣。"

我读到此处，在晶莹的泪光中，又看见那肥胖的，青布棉袍，黑布马褂的背影。唉！我不知何时再能与他相见！

一九二五年十月在北京

四位先生

老舍

吴组缃先生的猪

从青木关到歌乐山一带,在我所认识的文友中要算吴组缃先生最为阔绰。他养着一口小花猪。据说,这小动物的身价,值六百元。

每次我去访组缃先生,必附带的向小花猪致敬,因为我与组缃先生核计过了:假若他与我共同登广告卖身,大概也不会有人出六百元来买!

有一天,我又到吴宅去。给小江——组缃先生的少爷——买了几个比醋还酸的桃子。拿着点东西,好搭讪着骗顿饭吃,否则就太不好意思了。一进门,我看见吴太太的脸比晚日还红。我心里一想,便想到了小花猪。假若小花猪丢了,或是出了别的毛病,组缃先生的阔绰便马上不存在了!一打听,果然是为了小花猪:它已绝食一天了。我很着急,急中生智,主张给它点奎宁吃,恐怕是打摆子。大家都不赞同我的主张。我又建议把它抱到床上盖上被子睡一觉,出点汗也许就好了;焉知道不是感冒呢?这年月的猪比人还娇贵呀!大家还是不赞成。后来,把猪医生请来了。我颇兴奋,要看看猪怎么吃药。猪医生把一些草药包在竹筒的大厚皮儿里,使小花猪横衔着,两头向后束在脖子上:这样,药味与药汁便慢慢走入里边去。把药包儿束好,小花猪的口中好像生了两个翅膀,倒并不难看。

虽然吴宅有此骚动,我还是在那里吃了午饭——自然稍微的有点不得劲儿!

过了两天,我又去看小花猪——这回是专程探病,绝不为看别人;我知道现在猪的价值有多大——小花猪口中已无那个药包,而且也吃点东西了。大家都很高兴,我就又就棍打腿的骗了顿饭吃,并且提出声明:到冬天,得分给我几斤腊肉!组缃先生与太太没加任何考虑便答应了。吴太太说:"几斤?十斤也行!想想看,那天它要是一病不起……"大家听罢,都出了冷汗!

马宗融先生的时间观念

马宗融先生的表大概是、我想是一个装饰品。无论约他开会,还是吃饭,他总迟到一个多钟头,他的表并不慢。

来重庆,他多半是住在白象街的作家书屋。有的说也罢,没的说也罢,他总要谈到夜里两三点钟。假若不是别人都困得不出一声了,他还想不起上床去。有人陪着他谈,他能一直坐到第二天夜里两点钟。表、月亮、太阳,都不能引起他注意到时间。

比如说吧,下午三点他须到观音岩去开会,到两点半他还毫无动静。"宗融兄,不是三点,有会吗?该走了吧?"有人这样提醒他,他马上去戴上帽子,提起那有茶碗口粗的木棒,向外走。"七点吃饭。早回来呀!"大家告诉他。他回答声"一定回来",便匆匆地走出去。

到三点的时候,你若出去,你会看见马宗融先生在门口与一位老太婆,或是两个小学生,谈话儿呢!即使不是这样,他在五点以前也不会走到观音岩。路上每遇到一位熟人,便要谈,至少有十分钟的话。若遇上打架吵嘴的,他得过去解劝,还许把别人劝开,而他与另一位劝架的打起来!遇上某处起火,他得帮着去救。有人追赶扒手,他必然得加入,非捉到不可。看见某种新东西,他得过去问问价钱,不管买与不买。看到戏报子,马上他去借电话，问还有票没有……这样，他从白象街到观音岩，可以走一天，幸而他记得开会那件事，所以只走两三个钟头，到了开会的地方，即使大家已经散了会，他也得坐两点钟，他跟谁都谈得来，都谈得有趣，很亲切，很细腻。有人随便哼了一句二簧，他立刻请教给他；有人刚买一条绳子，他马上拿过来练习跳绳——五十岁了啊！

七点，他想起来回白象街吃饭，归路上，又照样的劝架，救火，追贼，问物价，打电话……至早，他在八点半左右走到目的地。满头大汗，三步当作两步走的。他走了进来，饭早已开过了。

所以，我们与友人定约会的时候，若说随便什么时间，早晨也好，晚上也好，反正我一天不出门，你哪时来也可以，我们便说"马宗融的时间吧"！

姚蓬子先生的砚台

作家书屋是个神秘的地方，不信你交到那里一份文稿，而三五日后再亲自去索回，你就必定不说我扯谎了。

进到书屋，十之八九你找不到书屋的主人——姚蓬子先生。他不定在哪里藏着呢。他的被褥是稿子，他的枕头是稿子，他的桌上、椅上、窗台上……全是稿子。简单的说吧，他被稿子埋起来了。当你要稿子的时候，你可以看见一个奇迹。假如说尊稿是十张纸写的吧,书屋主人会由枕头底下翻出两张,由裤袋里掏出三张,书架里找出两张,窗子上揭下一张,还欠两张。你别忙,他会由老鼠洞里拉出那两张,一点也不少。

单说蓬子先生的那块砚台,也足够惊人了!那是块无法形容的石砚。不圆不方,有许多角儿,有任何角度。有一点沿儿,豁口甚多,底子最奇,四周翘起,中间的一点凸出,如元宝之背,它会像陀螺似的在桌上乱转,还会一头高一头低地倾斜,如浪中之船。我老以为孙悟空就是由这块石头跳出去的!

到磨墨的时候,它会由桌子这一端滚到那一端,而且响如快跑的马车。我每晚十时必就寝,而对门儿书屋的主人要办事办到天亮。从十时到天亮,他至少研十次墨,一次比一次响——到夜最静的时候,大概连南岸都感到一点震动。从我到白象街起,我没做过一个好梦,刚一入梦,砚台来了一阵雷雨,梦为之断。在夏天,砚一响,我就起来拿臭虫。冬天可就不好办,只好咳嗽几声,使之闻之。

现在,我已交给作家书屋一本书,等到出版,我必定破费几十元,送给书屋主人一块平底的,不出声的砚台!

何容先生的戒烟

首先要声明:这里所说的烟是香烟,不是鸦片。

从武汉到重庆,我老同何容先生在一间屋子里,一直到前年八月间。在武汉的时候,我们都吸"大前门"或"使馆"牌;小大"英"似乎都不够味儿。到了重庆,小大"英"似乎变了质,越来越"够"味儿了,"前门"与"使馆"倒仿佛没了什么意思。慢慢的,"刀"牌与"哈德门"又变成我们的朋友,而与小大"英",不管是谁的主动吧,好像冷淡得日甚一日,不久,"刀"牌与"哈德门"又与我们发生了意见,差不多要绝交的样子。何容先生就决心戒烟!

在他戒烟之前,我已声明过:"先上吊。后戒烟!"本来吗,"弃妇抛雏"的流亡在外,吃不敢进大三元,喝么也不过是清一色(黄酒贵,只好吃点白干),女友不敢去交,男友一律是穷光蛋,住是二人一室,睡是臭虫满床,再不吸两支香烟,还活着干吗?可是,一看何容先生戒烟,我到底受了感动,既觉自己无勇,又钦佩他的伟大;所以,他在屋里,我几乎不敢动手取烟,以免动摇他的坚决!

何容先生那天睡了十六个钟头,一支烟没吸!醒来,已是黄昏,他便独自走出去。我没敢陪他出去,怕不留神递给他一支烟,破了戒!掌灯之后,他回来了,满面红光,含着笑,从口袋中掏出一包土产卷烟来。"你尝尝这个,"他客气地让我,"才一个铜板一支!有这个,似乎就不必戒烟了!没有必要!"把烟接过来,我没敢说什么,怕伤了他的尊严。面对面的,把烟燃上，我俩细细地欣赏。头一口就惊人，冒的是黄烟，我以为他误把爆竹买来了！听了一会儿，还好，并没有爆炸，就放胆继续地吸。吸了不到四五口，我看见蚊子都争着向外边飞，我很高兴。既吸烟，又驱蚊，太可贵了！再吸几口之后，墙上又发现了臭虫，大概也要搬家，我更高兴了！吸到了半支，何容先生与我也跑出去了，他低声地说："看样子，还得戒烟！"

何容先生二次戒烟，有半天之久。当天的下午，他买来了烟斗与烟叶。"几毛钱的烟叶，够吃三四天的，何必一定戒烟呢！"他说。吸了几天的烟斗，他发现了：（一）不便携带；（二）不用力，抽不到；用力，烟油射在舌头上；（三）费洋火；（四）须天天收拾，麻烦！有此四弊，他就戒烟斗，而又吸上香烟了。"始作卷烟者，其无后乎！"他说。

最近二年，何容先生不知戒了多少次烟了，而指头上始终是黄的。

> 载一九四二年六月二十二、二十三、二十四、二十五日《新民报晚刊》

祖父的园子

萧红

呼兰河这小城里边住着我的祖父。

我生的时候，祖父已经六十多岁了，我长到四五岁，祖父就快七十了。

我家有一个大花园，这花园里蜂子、蝴蝶、蜻蜓、蚂蚱，样样都有。蝴蝶有白蝴蝶、黄蝴蝶。这两种蝴蝶极小，不太好看。好看的是大红蝴蝶，满身带着金粉。

蜻蜓是金的，蚂蚱是绿的。蜂子则嗡嗡地飞着，满身绒毛，落到一朵花上，胖圆圆的就和一个小毛球似的不动了。

花园里边明晃晃的，红的红，绿的绿，新鲜漂亮。

据说这花园，从前是一个果园。祖母喜欢吃果子就种了果树。祖母又喜欢养羊，羊就把果树给啃了。果树于是都死了。到我有记忆的时候，园子里就只有一棵樱桃树、一棵李子树，因为樱桃和李子都不大结果子，所以觉得它们是并不存在的。小的时候，只觉得园子里边就有一棵大榆树。

这榆树，在园子的西北角上，来了风，这榆树先啸，来了雨，大榆树先就冒烟了。太阳一出来，大榆树的叶子就发光了，它们闪烁得和沙滩上的蚌壳一样了。

祖父一天都在后园里边，我也跟着祖父在后园里边。祖父戴一个大草帽，我戴一个小草帽，祖父栽花，我就栽花；祖父拔草，我就拔草。当祖父下种种小白菜的时候，我就跟在后边，把那下了种的土窝用脚一个一个地溜平，哪里会溜得准，东一脚地，西一脚地瞎闹。有的白菜种不单没被土盖上，反而把菜子踢飞了。

小白菜长得非常之快，没有几天就冒了芽了。一转眼就可以拔下来吃了。

祖父铲地，我也铲地。因为我太小，拿不动那锄头杆，祖父就把锄头杆拔下来，让我单拿着那个锄头的"头"来铲。其实哪里是铲，也不过爬在地上，用锄头乱钩一阵就是了。也认不得哪个是苗，哪个是草。往往把韭菜当作野草一起割掉，把狗尾草当作谷穗留着。

等祖父发现我铲的那块满留着狗尾草的一片地，他就问我：

"这是什么？"

我说：

"谷子。"

祖父大笑起来，笑得够了，把草摘下来问我：

"你每天吃的就是这个吗？"

我说：

"是的。"

我看着祖父还在笑，我就说：

"你不信，我到屋里拿来给你看。"

我跑到屋里，拿了鸟笼上的一个谷穗，远远地就抛给祖父了。说：

"这不是一样的吗？"

祖父慢慢地把我叫过去，讲给我听，说谷子是有芒针的，狗尾草则没有，只是毛嘟嘟的真像狗尾巴。

祖父虽然教我，我看了也并不细看，也不过马马虎虎承认下来就是了。一抬头看见了一个黄瓜长大了，跑过去摘下来，我又去吃黄瓜去了。

黄瓜也许没有吃完，又看见了一个大蜻蜓从旁飞过，于是丢了黄瓜又去追蜻蜓去了。蜻蜓飞得多么快，哪里会追得上。好则一开初也没有存心一定追上。所以站起来，跟了蜻蜓跑了几步就又去做别的去了。

采一个倭瓜花心，捉一个大绿豆青蚂蚱，把蚂蚱腿用线绑上，绑了一会儿，也许把蚂蚱腿就绑掉，线头上只拴了一只腿，而不见蚂蚱了。

玩腻了，又跑到祖父那里去乱闹一阵。祖父浇菜，我也抢过来浇，奇怪的就是并不往菜上浇，而是拿着水瓢，拼尽了力气，把水往天空里一扬，大喊着：

"下雨了，下雨了。"

太阳在园子里是特大的，天空是特别高的，太阳的光芒四射，亮得使人睁不开眼睛，亮得蚯蚓不敢钻出地面来，蝙蝠不敢从什么黑暗的地方飞出来。是凡在太阳下的，都是健康的，漂亮的，拍一拍连大树都会发响的，叫一叫就是站在对面的土墙都会回答似的。

花开了，就像花睡醒了似的。鸟飞了，就像鸟上天了似的。虫子叫了，就像虫子在说话似的。一切都活了。都有无限的本领，要做什么，就做什么。要怎么样，就怎么样。都是自由的。倭瓜愿意爬上架就爬上架，愿意爬上房就爬上房。黄瓜愿意开一朵谎花，就开一朵谎花，愿意结一个黄瓜就结一个黄瓜。若都不愿意，就是一个黄瓜也不结，一朵花也不开，也没有人问它似的。玉米愿意长多高就长多高，它若愿意长上天去，也没有人管。蝴蝶随意地飞，一会儿从墙头上飞来一对黄蝴蝶，一会儿又从墙头上飞走了一个白蝴蝶。它们是从谁家来的，又飞到谁家去？太阳也不知道这个。

只是天空蓝悠悠的,又高又远。

可是白云一来了的时候,那大团的白云,好像翻了花的白银似的,从祖父的头上经过,好像要压到了祖父的草帽那么低。

我玩累了,就在房檐底下找个阴凉的地方睡着了。不用枕头,不用席子,就把草帽扣在脸上就睡了。

小船上的信

沈从文

　　船在慢慢地上滩，我背船坐在被盖里，用自来水笔来给你写封长信。这样坐下写信并不吃力，你放心。这时已经三点钟，还可以走两个钟头。应停泊在什么地方，照俗谚说，"行船莫算，打架莫看"，我不过问。大约可再走廿里，应歇下时，船就泊到小村边去，可保平安无事。船泊定后我必可上岸去画张画。你不知见到了我常德长堤那张画不？那张窄的长的。这里小河两岸全是如此美丽动人，我画得出它的轮廓，但声音、颜色、光，可永远无本领画出了。你实在应来这小河里看看，你看过一次，所得的也许比我还多，就因为你梦里也不会想到的光景，一到这船上，便无不朗然入目了。这种时节两边岸上还是绿树青山，水则透明如无物，小船由两个人拉着，便在这种清水里向上滑行,水底全是各色各样的石子。舵手抿起个嘴唇微笑,我问他:"姓什么?""姓刘。""在这条河里划了几年船?""我今年五十三,十六岁就划船。"来,三三,请你为我算算这个数目。这人厉害得很,四百里的河道,涨水干涸河道的变迁,他无不明明白白。他知道这河里有多少滩、多少潭。看那样子,若许我来形容形容,他还可以说知道这河中有多少石头!是的,凡是较大的、知名的石头,他无一不知!水手一共是三个,除了舵手在后面管舵管篷管纤索的伸缩,前面舱板有两个人。其中一个是小孩子,一个是大人。两个人的职务是船在滩上时,就撑急水篙,左边右边下篙,把钢钻打得水中石头作出好听的声音。到长潭时则荡桨,躬起个腰推扳长桨,把水弄得"哗哗"的,声音也很幽静温柔;到急水滩时,则两人背了纤索,把船拉去,水急了些,吃力时就伏在石滩上,手足并用地爬行上去。船是只新船,油得黄黄的,干净得可以作为教堂的神龛。我卧的地方较低一些,可听得出水在船底流过的细碎声音。前舱用板隔断,故我可以不被风吹。我坐的是后面,凡为船后的天、地、水,我全可以看到。我就这样一面看水一面想你。我快乐,就想应当同你快乐,我闷,就想要你在我必可以不闷。我同船老板吃饭,我盼望你也在一角吃饭。我至少还得在船上过七个日子,还不把下行的计算在内。你说,这七个日子我怎么办?天气又不很好,并无太阳,天是灰灰的,一切较远的边岸小山同树木,皆裹在一层轻雾里,我又不能照相,也不宜画画。看看船走动时的情形,我还可以在上面写文章,感谢天,我的文章既然提到的是水上的事,在船上实在太方便了。倘若写文章得选择一个地方,我如今所在的地方是太好了一点的。不过我离得你那么远,文章如何写得下去?"我不能写文章,就写信。"我这么打算,我一定做到。我每天可以写四张,若写完四张事情还不说完,我再写。这只手既然离开了你,也只有那么来折磨它了。

我来再说点船上事情吧。船现在正在上滩,有白浪在船旁奔驰,我不怕,船上除了寂寞,别的是无可怕的。我只怕寂寞。但这也正可训练一下我自己。我知道对我这人不宜太好,到你身边,我有时真会使你皱眉。我疏忽了你,使我疏忽的原因便只是你待我太好,纵容了我。但你一生气,我即刻就不同了。现在则用一件人事把两人分开,用别离来训练我,我明白你如何在支配我管领我!为了只想同你说话,我便钻进被盖中去,闭着眼睛。你瞧,这小船多好!你听,水声多优雅!你听,船那么轧轧地响着,它在说话!它说:"两个人尽管说笑,不必担心那掌舵人。他的职务在看水,他忙着。"船真轧轧地响着。可是我如今同谁去说?我不高兴!

梦里来赶我吧,我的船是黄的,船主名字叫作"童松柏",桃源县人。尽管从梦里赶来,沿了我所画的小堤一直向西走,沿河的船虽万万千千,我的船你自然会认识的。这地方狗并不咬人,不必在梦里为狗吓醒!

你们为我预备的铺盖,下面太薄了点,上面太硬了点,故我很不暖和,在旅馆已嫌不够,到了船上可更糟了。盖的那床被大而不暖,不知为什么独选着它陪我旅行。我在常德买了一斤腊肝、半斤腊肉,在船上吃饭很合适……莫说吃的吧,因为摇船歌又在我耳边响着了,多美丽的声音!

我们的船在煮饭了,烟味不讨人嫌。

我们吃的饭是粗米饭,很香很好吃。可惜我们忘了带点豆腐乳,忘了带点北京酱菜。想不到的是路上那么方便,早知道那么方便,我们还可带许多北京宝贝来上面,当"真宝贝"去送人!

你这时节应当在桌边做事的。

山水美得很,我想你一同来坐在舱里,从窗口望那点紫色的小山。我想让一个木筏使你惊讶,因为那木筏上面还种菜!我想要你来使我的手暖和一些……

一九三四年一月十三日下午五时

我与地坛

史铁生

一

我在好几篇小说中都提到过一座废弃的古园,实际上就是地坛。许多年前旅游业还没有开展,园子荒芜冷落得如同一片野地,很少被人记起。

地坛离我家很近。或者说我家离地坛很近。总之,只好认为这是缘分。地坛在我出生前四百多年就坐落在那儿了,而自从我的祖母年轻时带着我父亲来到北京,就一直住在离它不远的地方——五十多年间搬过几次家,可搬来搬去总是在它周围,而且是越搬离它越近了。我常觉得这中间有着宿命的味道:仿佛这古园就是为了等我,而历尽沧桑在那儿等待了四百多年。

它等待我出生,然后又等待我活到最狂妄的年龄上忽地残废了双腿。四百多年里,它一面剥蚀了古殿檐头浮夸的琉璃,淡褪了门壁上炫耀的朱红,坍圮了一段段高墙又散落了玉砌雕栏,祭坛四周的老柏树愈见苍幽,到处的野草荒藤也都茂盛得自在坦荡。这时候想必我是该来了。十五年前的一个下午,我摇着轮椅进入园中,它为一个失魂落魄的人把一切都准备好了。那时,太阳循着亘古不变的路途正越来越大,也越红。在满园弥漫的沉静光芒中,一个人更容易看到时间,并看见自己的身影。

自从那个下午我无意中进了这园子,就再没长久地离开过它。我一下子就理解了它的意图。正如我在一篇小说中所说的:"在人口密聚的城市里,有这样一个宁静的去处,像是上帝的苦心安排。"

两条腿残废后的最初几年,我找不到工作,找不到去路,忽然间几乎什么都找不到了,我就摇了轮椅总是到它那儿去,仅为着那儿是可以逃避一个世界的另一个世界。我在那篇小说中写道:"没处可去我便一天到晚耗在这园子里。跟上班下班一样,别人去上班我就摇了轮椅到这儿来。""园子无人看管,上下班时间有些抄近路的人从园中穿过,园子里活跃一阵,过后便沉寂下来。""园墙在金晃晃的空气中斜切下一溜阴凉,我把轮椅开进去,把椅背放倒,坐着或是躺着,看书或者想事,撅一杈树枝左右拍打,驱赶那些和我一样不明白为什么要来这世上的小昆虫。""蜂儿如一朵小雾稳稳地停在半空;蚂蚁摇头晃脑捋着触须,猛然间想透了什么,转身疾行而去;瓢虫爬得不耐烦了,累了,祈祷一回便支开翅膀,忽悠一下升空了;树干上留着一只蝉蜕,寂寞如一间空屋;露水在草叶上滚动,聚集,压弯了草叶轰然坠地摔开万道金光。""满园子都是草木竞相生长弄出的响动,窸窸窣窣窸窸窣窣片刻不息。"这都是真实的记录,园子荒芜但并不衰败。

除去几座殿堂我无法进去,除去那座祭坛我不能上去而只能从各个角度张望它,地坛的每一棵树下我都去过,差不多它的每一米草地上都有过我的车轮印。无论是什么季节,什么天气,什么时间,我都在这园子里待过。有时候待一会儿就回家,有时候就待到满地上都亮起月光。记不清都是在它的哪些角落里了,我一连几小时专心致志地想关于死的事,也以同样的耐心和方式想过我为什么要出生。这样想了好几年,最后事情终于弄明白了:一个人,出生了,这就不再是一个可以辩论的问题,而只是上帝交给他的一个事实;上帝在交给我们这个事实的时候,已经顺便保证了它的结果,所以死是一件不必急于求成的事,死是一个必然会降临的节日。这样想过之后我安心多了,眼前的一切不再那么可怕。比如你起早熬夜准备考试的时候,忽然想起有一个长长的假期在前面等待你,你会不会觉得轻松一点,并且庆幸并且感激这样的安排？

剩下的就是怎样活的问题了。这却不是在某一个瞬间就能完全想透的，不是能够一次性解决的事，怕是活多久就要想它多久了，就像是伴你终生的魔鬼或恋人。所以，十五年了，我还是总得到那古园里去，去它的老树下或荒草边或颓墙旁，去默坐，去呆想，去推开耳边的嘈杂理一理纷乱的思绪，去窥看自己的心魂。十五年中，这古园的形体被不能理解它的人肆意雕琢，幸好有的东西是任谁也不能改变它的。譬如祭坛石门中的落日，寂静的光辉平铺的一刻，地上的每一个坎坷都被映照得灿烂；譬如在园中最为落寞的时间，一群雨燕便出来高歌，把天地都叫喊得苍凉；譬如冬天雪地上孩子的脚印，总让人猜想他们是谁，曾在哪儿做过些什么，然后又都到哪儿去了；譬如那些苍黑的古柏，你忧郁的时候它们镇静地站在那儿，你欣喜的时候它们依然镇静地站在那儿，它们没日没夜地站在那儿从你没有出生一直站到这个世界上又没了你的时候；譬如暴雨骤临园中，激起一阵阵灼烈而清纯的草木和泥土的气味，让人想起无数个夏天的事件；譬如秋风忽至，再有一场早霜，落叶或飘摇歌舞或坦然安卧，满园中播散着熨帖而微苦的味道。味道是最说不清楚的，味道不能写只能闻，要你身临其境去闻才能明了。味道甚至是难于记忆的，只有你又闻到它你才能记起它的全部情感和意蕴。所以我常常要到那园子里去。

二

现在我才想到,当年我总是独自跑到地坛去,曾经给母亲出了一个怎样的难题。

她不是那种光会疼爱儿子而不懂得理解儿子的母亲。她知道我心里的苦闷,知道不该阻止我出去走走,知道我要是老待在家里结果会更糟,但她又担心我一个人在那荒僻的园子里整天都想些什么。我那时脾气坏到极点,经常是发了疯一样地离开家,从那园子里回来又中了魔似的什么话都不说。母亲知道有些事不宜问,便犹犹豫豫地想问而终于不敢问,因为她自己心里也没有答案。她料想我不会愿意她跟我一同去,所以她从未这样要求过,她知道得给我一点独处的时间,得有这样一段过程。她只是不知道这过程得要多久和这过程的尽头究竟是什么。每次我要动身时,她便无言地帮我准备,帮助我上了轮椅车,看着我摇车拐出小院。这以后她会怎样,当年我不曾想过。

有一回我摇车出了小院,想起一件什么事又返身回来,看见母亲仍站在原地,还是送我走时的姿势,望着我拐出小院去的那处墙角,对我的回来竟一时没有反应。待她再次送我出门的时候,她说:"出去活动活动,去地坛看看书,我说这挺好。"许多年以后我才渐渐听出,母亲这话实际上是自我安慰,是暗自的祷告，是给我的提示，是恳求与嘱咐。只是在她猝然去世之后，我才有余暇设想，当我不在家里的那些漫长的时间，她是怎样心神不定坐卧难宁，兼着痛苦与惊恐与一个母亲最低限度的祈求。现在我可以断定，以她的聪慧和坚忍，在那些空落的白天后的黑夜，在那不眠的黑夜后的白天，她思来想去最后准是对自己说："反正我不能不让他出去，未来的日子是他自己的，如果他真的在那园子里出了什么事，这苦难也只好我来承担。"在那段日子里——那是好几年前的一段日子，我想我一定使母亲做过最坏的准备了，但她从来没有对我说过："你为我想想。"事实上我也真的没为她想过。那时她的儿子还太年轻，还来不及为母亲想，他被命运击昏了头，一心以为自己是世上最不幸的一个，不知道儿子的不幸在母亲那儿总是要加倍的。她有一个长到二十岁上忽然截瘫了的儿子，这是她唯一的儿子；她情愿截瘫的是自己而不是儿子，可这事无法代替；她想，只要儿子能活下去哪怕自己去死呢也行，可她又确信一个人不能仅仅是活着，儿子得有一条路走向自己的幸福；而这条路呢，没有谁能保证她的儿子最终能找到——这样一个母亲，注定是活得最苦的母亲。

有一次与一位作家朋友聊天，我问他学写作的最初动机是什么？他想了一会儿说："为我母亲。为了让她骄傲。"我心里一惊，良久无言。回想自己最初写小说的动机，虽不似这位朋友的那般单纯，但如他一样的愿望我也有，且一经细想，发现这愿望也在全部动机中占了很大比重。这位朋友说:"我的动机太低俗了吧?"我光是摇头,心想低俗并不见得低俗,只怕是这愿望过于天真了。他又说:"我那时真就是想出名,出了名让别人羡慕我母亲。"我想,他比我坦率。我想,他又比我幸福,因为他的母亲还活着。而且我想,他的母亲也比我的母亲运气好,他的母亲没有一个双腿残废的儿子,否则事情就不这简单。

在我的头一篇小说发表的时候,在我的小说第一次获奖的那些日子里,我真是多么希望我的母亲还活着。我便又不能在家里待了,又整天整天独自跑到地坛去,心里是没头没尾的沉郁和哀怨,走遍整个园子却怎么也想不通:母亲为什么就不能再多活两年?为什么在她儿子就快要碰撞开一条路的时候,她却忽然熬不住了?莫非她来此世上只是为了替儿子担忧,却不该分享我的一点点快乐?她匆匆离我去时才只有四十九岁呀!有那么一会儿,我甚至对世界对上帝充满了仇恨和厌恶。后来我在一篇题为《合欢树》的文章中写道:"坐在小公园安静的树林里,我闭上眼睛,想:上帝为什么早早地召母亲回去呢?很久很久,迷迷糊糊地,我听见了回答:'她心里太苦了。上帝看她受不住了,就召她回去。'我似乎得到一点安慰,睁开眼睛,看见风正从树林里穿过。"小公园,指的也是地坛。

只是到了这时候,纷纭的往事才在我眼前幻现得清晰,母亲的苦难与伟大才在我心中渗透得深彻。上帝的考虑,也许是对的。

摇着轮椅在园中慢慢走,又是雾罩的清晨,又是骄阳高悬的白昼,我只想着一件事:母亲已经不在了。在老柏树旁停下,在草地上在颓墙边停下,又是处处虫鸣的午后,又是鸟儿归巢的傍晚,我心里只默念着一句话:可是母亲已经不在了。把椅背放倒,躺下,似睡非睡挨到日没,坐起来,心神恍惚,呆呆地直坐到古祭坛上落满黑暗然后再渐渐浮起月光,心里才有点明白,母亲不能再来这园中找我了。

曾有过好多回,我在这园子里待得太久了,母亲就来找我。她来找我又不想让我发觉,只要见我还好好地在这园子里,她就悄悄转身回去。我看见过几次她的背影。我也看见过几回她四处张望的情景,她视力不好,端着眼镜像在寻找海上的一条船。她没看见我时我已经看见她了,待我看见她也看见我了我就不去看她,过一会儿我再抬头看她就又看见她缓缓离去的背影。我单是无法知道有多少回她没有找到我。有一回我坐在矮树丛中,树丛很密,我看见她没有找到我。她一个人在园子里走,走过我的身旁,走过我经常待的一些地方,步履茫然又急迫。我不知道她已经找了多久还要找多久,我不知道为什么我决意不喊她——但这绝不是小时候的捉迷藏,这也许是出于长大了的男孩子的倔强或羞涩?但这倔强只留给我痛悔,丝毫也没有骄傲。我真想告诫所有长大了的男孩子,千万不要跟母亲来这套倔强,羞涩就更不必，我已经懂了可我已经来不及了。

儿子想使母亲骄傲，这心情毕竟是太真实了，以致使"想出名"这一声名狼藉的念头也多少改变了一点形象。这是个复杂的问题，且不去管它了吧。随着小说获奖的激动逐日暗淡，我开始相信，至少有一点我是想错了：我用纸笔在报刊上碰撞开的一条路，并不就是母亲盼望我找到的那条路。年年月月我都到这园子里来，年年月月我都要想，母亲盼望我找到的那条路到底是什么。母亲生前没给我留下过什么隽永的哲言，或要我恪守的教诲，只是在她去世之后，她艰难的命运、坚忍的意志和毫不张扬的爱，随光阴流转，在我的印象中愈加鲜明深刻。

有一年，十月的风又翻动起安详的落叶，我在园中读书，听见两个散步的老人说："没想到这园子有这么大。"我放下书，想，这么大一座园子，要在其中找到她的儿子，母亲走过了多少焦灼的路。多年来我头一次意识到，这园中不单是处处都有过我的车辙，有过我的车辙的地方也都有过母亲的脚印。

三

如果以一天中的时间来对应四季，当然春天是早晨，夏天是中午，秋天是黄昏，冬天是夜晚。如果以乐器来对应四季，我想春天应该是小号，夏天是定音鼓，秋天是大提琴，冬天是圆号和长笛。要是以这园子里的声响来对应四季呢？那么，春天是祭坛上空飘浮着的鸽子的哨音，夏天是冗长的蝉歌和杨树叶子哗啦啦地对蝉歌的取笑，秋天是古殿檐头的风铃响，冬天是啄木鸟随意而空旷的啄木声。以园中的景物对应四季，春天是一径时而苍白时而黑润的小路，时而明朗时而阴晦的天上摇荡着串串杨花；夏天是一条条耀眼而灼人的石凳，或阴凉而爬满了青苔的石阶，阶下有果皮，阶上有半张被坐皱的报纸；秋天是一座青铜的大钟，在园子的西北角上曾丢弃着一座很大的铜钟，铜钟与这园子一般年纪，浑身挂满绿锈，文字已不清晰；冬天，是林中空地上几只羽毛蓬松的老麻雀。以心绪对应四季呢？春天是卧病的季节，否则人们不易发觉春天的残忍与渴望；夏天，情人们应该在这个季节里失恋，不然就似乎对不起爱情；秋天是从外面买一棵盆花回家的时候，把花搁在阔别了的家中，并且打开窗户把阳光也放进屋里，慢慢回忆慢慢整理一些发过霉的东西；冬天伴着火炉和书，一遍遍坚定不死的决心，写一些并不发出的信。还可以用艺术形式对应四季，这样春天就是一幅画，夏天是一部长篇小说，秋天是一首短歌或诗，冬天是一群雕塑。以梦呢？以梦对应四季呢？春天是树尖上的呼喊，夏天是呼喊中的细雨，秋天是细雨中的土地，冬天是干净的土地上的一只孤零的烟斗。

因为这园子，我常感恩于自己的命运。

我甚至现在就能清楚地看见，一旦有一天我不得不长久地离开它，我会怎样想念它，我会怎样想念它并且梦见它，我会怎样因为不敢想念它而梦也梦不到它。

四

现在让我想想，十五年中坚持到这园子来的人都是谁呢？好像只剩了我和一对老人。

十五年前，这对老人还只能算是中年夫妇，我则货真价实还是个青年。他们总是在薄暮时分来园中散步，我不大弄得清他们是从哪边的园门进来，一般来说他们是逆时针绕这园子走。男人个子很高，肩宽腿长，走起路来目不斜视，胯以上直至脖颈挺直不动，他的妻子攀了他一条胳膊走，也不能使他的上身稍有松懈。女人个子却矮，也不算漂亮，我无端地相信她必出身于家道中衰的名门富族；她攀在丈夫胳膊上像个娇弱的孩子，她向四周观望似总含着恐惧，她轻声与丈夫谈话，见有人走近就立刻怯怯地收住话头。我有时因为他们而想起冉阿让与珂赛特，但这想法并不巩固，他们一望即知是老夫老妻。两个人的穿着都算得上考究，但由于时代的演进，他们的服饰又可以称为古朴了。他们和我一样，到这园子里来几乎是风雨无阻，不过他们比我守时。我什么时间都可能来，他们则一定是在暮色初临的时候。刮风时他们穿了米色风衣,下雨时他们打了黑色的雨伞,夏天他们的衬衫是白色的裤子是黑色的或米色的,冬天他们的呢子大衣又都是黑色的,想必他们只喜欢这三种颜色。他们逆时针绕这园子一周,然后离去。他们走过我身旁时只有男人的脚步响,女人像是贴在高大的丈夫身上跟着飘移。我相信他们一定对我有印象,但是我们没有说过话,我们互相都没有想要接近的表示。十五年中,他们或许注意到一个小伙子进入了中年,我则看着一对令人羡慕的中年情侣不觉中成了两个老人。

曾有过一个热爱唱歌的小伙子,他也是每天都到这园中来,来唱歌,唱了好多年,后来不见了。他的年纪与我相仿,他多半是早晨来,唱半小时或整整唱一个上午,估计在另外的时间里他还得上班。我们经常在祭坛东侧的小路上相遇,我知道他是到东南角的高墙下去唱歌,他一定猜想我去东北角的树林里做什么。我找到我的地方,抽几口烟,便听见他谨慎地整理歌喉了。他反反复复唱那么几首歌。"文革"没过去的时候,他唱"蓝蓝的天上白云飘,白云下面马儿跑……",我老也记不住这歌的名字。"文革"后,他唱《货郎与小姐》中那首最为流传的咏叹调。"卖布——卖布嘞,卖布——卖布嘞!"我记得这开头的一句他唱得很有声势,在早晨清澈的空气中,货郎跑遍园中的每一个角落去恭维小姐。"我交了好运气,我交了好运气,我为幸福唱歌曲……"然后他就一遍一遍地唱,不让货郎的激情稍减。依我听来，他的技术不算精到，在关键的地方常出差错，但他的嗓子是相当不坏的，而且唱一个上午也听不出一点疲惫。太阳也不疲惫，把大树的影子缩小成一团，把疏忽大意的蚯蚓晒干在小路上。将近中午，我们又在祭坛东侧相遇，他看一看我，我看一看他，他往北去，我往南去。日子久了，我感到我们都有结识的愿望，但似乎都不知如何开口，于是互相注视一下终又都移开目光擦身而过；这样的次数一多，便更不知如何开口了。终于有一天——一个丝毫没有特点的日子，我们互相点了一下头，他说："你好。"我说："你好。"他说："回去啦？"我说："是，你呢？"他说："我也该回去了。"我们都放慢脚步（其实我是放慢车速），想再多说几句，但仍然是不知从何说起，这样我们就都走过了对方，又都扭转身子面向对方。他说："那就再见吧。"我说："好，再见。"便互相笑笑各走各的路了。但是我们没有再见，那以后，园中再没了他的歌声，我才想到，那天他或许是有意与我道别的，也许他考上了哪家专业的文工团或歌舞团了吧？真希望他如他歌里所唱的那样，交了好运气。

还有一些人，我还能想起一些常到这园子里来的人。有一个老头，算得一个真正的饮者；他在腰间挂一个扁瓷瓶，瓶里当然装满了酒，常来这园中消磨午后的时光。他在园中四处游逛，如果你不注意你会以为园中有好几个这样的老头，等你看过了他卓尔不群的饮酒情状，你就会相信这是个独一无二的老头。他的衣着过分随便,走路的姿态也不慎重,走上五六十米路便选定一处地方,一只脚踏在石凳上或土埂上或树墩上,解下腰间的酒瓶,解酒瓶的当儿眯起眼睛把一百八十度视角内的景物细细看一遭,然后以迅雷不及掩耳之势倒一大口酒入肚,把酒瓶摇一摇再挂向腰间,平心静气地想一会儿什么,便走下一个五六十米去。还有一个捕鸟的汉子,那岁月园中人少,鸟却多,他在西北角的树丛中拉一张网,鸟撞在上面,羽毛氅在网眼里便不能自拔。他单等一种过去很多而现在非常罕见的鸟,其他的鸟撞在网上他就把它们摘下来放掉,他说已经有好多年没等到那种罕见的鸟了,他说他再等一年看看到底还有没有那种鸟,结果他又等了好多年。早晨和傍晚,在这园子里可以看见一个中年女工程师,早晨她从北向南穿过这园子去上班,傍晚她从南向北穿过这园子回家,事实上我并不了解她的职业或者学历,但我以为她必是学理工的知识分子,别样的人很难有她那般的素朴并优雅。当她在园子穿行的时刻,四周的树林也仿佛更加幽静,清淡的日光中竟似有悠远的琴声,比如说是那曲《献给艾丽丝》才好。我没有见过她的丈夫,没有见过那个幸运的男人是什么样子,我想象过却想象不出,后来忽然懂了想象不出才好,那个男人最好不要出现。她走出北门回家去,我竟有点担心,担心她会落入厨房,不过,也许她在厨房里劳作的情景更有另外的美吧,当然不能再是《献给艾丽丝》,是个什么曲子呢?还有一个人,是我的朋友,他是个最有天赋的长跑家，但他被埋没了。他因为在"文革"中出言不慎而坐了几年牢，出来后好不容易找了个拉板车的工作，样样待遇都不能与别人平等，苦闷极了便练习长跑。那时他总来这园子里跑，我用手表为他计时，他每跑一圈向我招一下手，我就记下一个时间。每次他要环绕这园子跑二十圈，大约两万米。他盼望以他的长跑成绩来获得政治上真正的解放，他以为记者的镜头和文字可以帮他做到这一点。第一年他在春节环城赛上跑了第十五名，他看见前十名的照片都挂在了长安街的新闻橱窗里，于是有了信心。第二年他跑了第四名，可是新闻橱窗里只挂了前三名的照片，他没灰心。第三年他跑了第七名，橱窗里挂前六名的照片，他有点怨自己。第四年他跑了第三名，橱窗里却只挂了第一名的照片。第五年他跑了第一名——他几乎绝望了，橱窗里只有一幅环城赛群众场面的照片。那些年我们俩常一起在这园子里待到天黑，开怀痛骂，骂完沉默着回家，分手时再互相叮嘱：先别去死，再试着活一活看。现在他已经不跑了，年岁太大了，跑不了那么快了。最后一次参加环城赛，他以三十八岁之龄又得了第一名并破了纪录，有一位专业队的教练对他说："我要是十年前发现你就好了。"他苦笑一下什么也没说，只在傍晚又来这园中找到我，把这事平静地向我叙说一遍。不见他已有好几年了，现在他和妻子和儿子住在很远的地方。

  这些人现在都不到园子里来了，园子里差不多完全换了一批新人。十五年前的旧人，现在就剩我和那对老夫老妻了。有那么一段时间，这老夫老妻中的一个也忽然不来，薄暮时分唯男人独自来散步，步态也明显迟缓了许多，我悬心了很久，怕是那女人出了什么事。幸好过了一个冬天那女人又来了，两个人仍是逆时针绕着园子走，一长一短两个身影恰似钟表的两支指针；女人的头发白了许多，但依旧攀着丈夫的胳膊走得像个孩子。"攀"这个字用得不恰当了，或许可以用"搀"吧，不知有没有兼具这两个意思的字。

五

我也没有忘记一个孩子——一个漂亮而不幸的小姑娘。十五年前的那个下午，我第一次到这园子里来就看见了她，那时她大约三岁，蹲在斋宫西边的小路上捡树上掉落的"小灯笼"。那儿有几棵大栾树，春天开一簇簇细小而稠密的黄花，花落了便结出无数如同三片叶子合抱的小灯笼，小灯笼先是绿色，继而转白，再变黄，成熟了掉落得满地都是。小灯笼精巧得令人爱惜，成年人也不免捡了一个还要捡一个。小姑娘咿咿呀呀地跟自己说着话，一边捡小灯笼。她的嗓音很好，不是她那个年龄所常有的那般尖细，而是很圆润甚或是厚重，也许是因为那个下午园子里太安静了。我奇怪，这么小的孩子怎么一个人跑来这园子里？我问因其司空见惯而变得腻烦和乏味呢？我常梦想着在人间彻底消灭残疾，但可以相信，那时将由患病者代替残疾人去承担同样的苦难。如果能够把疾病也全数消灭，那么这份苦难又将由（比如说）相貌丑陋的人去承担了。就算我们连丑陋、连愚昧和卑鄙和一切我们所不喜欢的事物和行为，也都可以统统消灭掉，所有的人都一样健康、漂亮、聪慧、高尚，结果会怎样呢？怕是人间的剧目就全要收场了，一个失去差别的世界将是一潭死水，是一块没有感觉没有肥力的沙漠。

看来差别永远是要有的。看来就只好接受苦难——人类的全部剧目需要它，存在的本身需要它。看来上帝又一次对了。

于是就有一个最令人绝望的结论等在这里：由谁去充任那些苦难的角色？又由谁去体现这世间的幸福、骄傲和快乐？只好听凭偶然，是没有道理好讲的。

就命运而言，休论公道。

那么，一切不幸命运的救赎之路在哪里呢？

设若智慧或悟性可以引领我们去找到救赎之路，难道所有的人都能够获得这样的智慧和悟性吗？

我常以为是丑女造就了美人。我常以为是愚氓举出了智者。我常以为是懦夫衬照了英雄。我常以为是众生度化了佛祖。

六

设若有一位园神,他一定早已注意到了,这么多年我在这园里坐着,有时候是轻松快乐的,有时候是沉郁苦闷的,有时候优哉游哉,有时候悒惶落寞,有时候平静而且自信,有时候又软弱,又迷茫。其实总共只有三个问题交替着来骚扰我,来陪伴我。第一个是要不要去死,第二个是为什么活,第三个,我干吗要写作。

现在让我看看,它们迄今都是怎样编织在一起的吧。

你说,你看穿了死是一件无须乎着急去做的事,是一件无论怎样耽搁也不会错过的事,便决定活下去试试?是的,至少这是很关键的因素。为什么要活下去试试呢?好像仅仅是因为不甘心,机会难得,不试白不试,腿反正是完了,一切仿佛都要完了,但死神很守信用,试一试不会额外再有什么损失。说不定倒有额外的好处呢,是不是?我说过,这一来我轻松多了,自由多了。为什么要写作呢?"作家"是两个被人看重的字,这谁都知道。为了让那个躲在园子深处坐轮椅的人,有朝一日在别人眼里也稍微有点光彩,在众人眼里也能有个位置,哪怕那时再去死呢,也就多少说得过去了。开始的时候就是这样想,这不用保密,这些现在不用保密了。

我带着本子和笔,到园中找一个最不为人打扰的角落,偷偷地写。那个爱唱歌的小伙子在不远的地方一直唱。要是有人走过来,我就把本子合上,把笔叼在嘴里。我怕写不成反落得尴尬。我很要面子。可是你写成了,而且发表了。人家说我写得还不坏,他们甚至说:"真没想到你写得这么好。"我心说你们没想到的事还多着呢。我确实有整整一宿高兴得没合眼。我很想让那个唱歌的小伙子知道,因为他的歌也毕竟是唱得不错。我告诉我的长跑家朋友的时候,那个中年女工程师正优雅地在园中穿行。长跑家很激动,他说:"好吧,我玩命跑,你玩命写。这一来你中了魔了,整天都在想哪一件事可以写,哪一个人可以让你写成小说。是中了魔了。"我走到哪儿想到哪儿,在人山人海里只寻找小说。要是有一种小说试剂就好了,见人就滴两滴看他是不是一篇小说;要是有一种小说显影液就好了,把它泼满全世界看看都是哪儿有小说。中了魔了,那时我完全是为了写作活着。结果你又发表了几篇,并且出了一点小名,可这时你越来越感到恐慌。我忽然觉得自己活得像个人质,刚刚有点像个人了却又过了头,像个人质,被一个什么阴谋抓了来当人质,不定哪天被处决,不定哪天就完蛋。你担心要不了多久你就会文思枯竭,那样你就又完了。凭什么我总能写出小说来呢?凭什么那些适合做小说的生活素材就总能送到一个截瘫者跟前来呢?人家满世界跑都有枯竭的危险,而我坐在这园子里凭什么可以一篇接一篇地写呢？你又想到死了。我想：见好就收吧。当一名人质实在是太累了，太紧张了，太朝不保夕了。我为写作而活下来，要是写作到底不是我应该干的事，我想：我再活下去是不是太冒傻气了？你这么想着你却还在绞尽脑汁地想写。我好歹又拧出点水来，从一条快要晒干的毛巾上。恐慌日甚一日，随时可能完蛋的感觉比完蛋本身可怕多了，所谓不怕贼偷就怕贼惦记，我想：人不如死了好，不如不出生的好，不如压根儿没有这个世界的好。可你并没有去死。我又想到那是一件不必着急的事。可是不必着急的事并不证明是一件必要拖延的事呀。你总是决定活下来，这说明什么？是的，我还是想活。人为什么活着？因为人想活着，说到底是这么回事，人真正的名字叫作：欲望。可我不怕死，有时候我真的不怕死。有时候——说对了。不怕死和想去死是两回事，有时候不怕死的人是有的，一生下来就不怕死的人是没有的。我有时候倒是怕活。可是怕活不等于不想活呀！可我为什么还想活呢？因为你还想得到点什么，你觉得你还是可以得到点什么的，比如说爱情，比如说价值感之类，人真正的名字叫欲望。这不对吗？我不该得到点什么吗？没说不该。可我为什么活得恐慌，就像个人质？后来你明白了，你明白你错了，活着不是为了写作，而写作是为了活着。你明白了这一点是在一个挺滑稽的时刻。那天你又说你不如死了好，你的一个朋友劝你："你不能死，你还得写呢，还有好多好作品等着你去写呢。"这时候你忽然明白了，你说："只是因为我活着，我才不得不写作。"或者说只是因为你还想活下去，你才不得不写作。是的，这样说过之后我竟然不那么恐慌了。就像你看穿了死之后所得的那份轻松？一个人质报复一场阴谋的最有效的办法是把自己杀死。我看出我得先把我杀死在市场上，那样我就不用参加抢购题材的风潮了。你还写吗？还写。你真的不得不写吗？人都忍不住要为生存找一些牢靠的理由。你不担心你会枯竭了？我不知道，不过我想，活着的问题在死前是完不了的。

这下好了，您不再恐慌了不再是个人质了，您自由了。算了吧你，我怎么可能自由呢？别忘了人真正的名字是：欲望。所以您得知道，消灭恐慌的最有效的办法就是消灭欲望。可是我还知道，消灭人性的最有效的办法也是消灭欲望。那么，是消灭欲望同时也消灭恐慌呢？还是保留欲望同时也保留人性？

我在这园子里坐着，我听见园神告诉我：每一个有激情的演员都难免是一个人质。每一个懂得欣赏的观众都巧妙地粉碎了一场阴谋。每一个乏味的演员都是因为他老以为这戏剧与自己无关。每一个倒霉的观众都是因为他总是坐得离舞台太近了。

我在这园子里坐着，园神成年累月地对我说："孩子，这不是别的，这是你的罪孽和福祉。"

七

要是有些事我没说，地坛，你别以为是我忘了，我什么也没忘，但是有些事只适合收藏。不能说，也不能想，却又不能忘。它们不能变成语言，它们无法变成语言，一旦变成语言就不再是它们了。它们是一片朦胧的温馨与寂寥，是一片成熟的希望与绝望，它们的领地只有两处：心与坟墓。比如说邮票，有些是用于寄信的，有些仅仅是为了收藏。

如今我摇着车在这园子里慢慢走，常常有一种感觉，觉得我一个人跑出来已经玩得太久了。有一天我整理我的旧相册，看见一张十几年前我在这园子里照的照片——那个年轻人坐在轮椅上，背后是一棵老柏树，再远处就是那座古祭坛。我便到园子里去找那棵树。我按着照片上的背景找很快就找到了它，按着照片上它枝干的形状找，肯定那就是它。但是它已经死了，而且在它身上缠绕着一条碗口粗的藤萝。我当然记得园工们种那条藤萝时的情景，我却不记得是在什么时候它已经长到了碗口粗。有一天我在这园子里碰见一个老太太，她说："哟，你还在这儿哪？"她问我："你母亲还好吗？""您是谁？""你不记得我，我可记得你。有一回你母亲来这儿找你，她问我您看没看见一个摇轮椅的孩子？……"我忽然觉得，我一个人跑到这世界上来玩真是玩得太久了。有一天夜晚，我独自坐在祭坛边的路灯下看书，忽然从那漆黑的祭坛里传出一阵阵唢呐声。四周都是参天古树，方形祭坛占地几百平方米空旷坦荡独对苍天，我看不见那个吹唢呐的人，唯唢呐声在星光寥寥的夜空里低吟高唱，时而悲怆时而欢快，时而缠绵时而苍凉，或许这几个词都不足以形容它，我清清醒醒地听出它响在过去，响在现在，响在未来，回旋飘转亘古不散。

必有一天，我会听见喊我回去。

那时您可以想象一个孩子，他玩累了可他还没玩够呢，心里好些新奇的念头甚至等不及到明天。也可以想象是一个老人，无可置疑地走向他的安息地，走得任劳任怨。还可以想象一对热恋中的情人，互相一次次说"我一刻也不想离开你"，又互相一次次说"时间已经不早了"，时间不早了可我一刻也不想离开你，一刻也不想离开你可时间毕竟是不早了。

我说不好我想不想回去。我说不好是想还是不想，还是无所谓。我说不好我是像那个孩子，还是像那个老人，还是像一个热恋中的情人。很可能是这样：我同时是他们三个。我来的时候是个孩子，他有那么多孩子气的念头所以才哭着喊着闹着要来，他一来一见到这个世界便立刻成了不要命的情人，而对一个情人来说，不管多么漫长的时光也是稍纵即逝，那时他便明白，每一步每一步，其实一步步都是走在回去的路上。当牵牛花初开的时节，葬礼的号角就已吹响。

但是太阳——它每时每刻都是夕阳也都是旭日。当它熄灭着走下山去收尽苍凉残照之际，正是它在另一面燃烧着爬上山巅布散烈烈朝晖之时。那一天，我也将沉静着走下山去，扶着我的拐杖。有一天，在某一处山洼里，势必会跑上来一个欢蹦的孩子，抱着他的玩具。

当然，那不是我。

但是，那不是我吗？

宇宙以其不息的欲望将一个歌舞炼为永恒。这欲望有怎样一个人间的姓名，大可忽略不计。

一九八九年五月十一日
一九九〇年一月七日改

辑二

以欢喜之心，慢度日常

我们中国人很会给水果起名字，
我以为起得最好的便是佛手了，
它不仅最象形，而且最具有超尘拔俗的境界。
它伸出的权权，确实像佛手，
只有佛的手指才会这样如兰花瓣宛转修长，
曲折中有这样的韵致。

听雨

季羡林

（一）

从一大早就下起雨来。下雨，本来不是什么稀罕事，但这是春雨，俗话说："春雨贵如油。"而且又在罕见的大旱之中，其珍贵就可想而知了。

"润物细无声"，春雨本来是声音极小极小的，小到了"无"的程度。但是，我现在坐在隔成了一间小房子的阳台上，顶上有块大铁皮。楼上滴下来的檐溜就打在这铁皮上，打出声音来，于是就不"细无声"了。按常理说，我坐在那里，同一种死文字拼命，本来应该需要极静极静的环境，极静极静的心情，才能安下心来，进入角色，来解读这天书般的玩意儿。这种雨敲铁皮的声音应该是极为讨厌的，是必欲去之而后快的。

然而，事实却正相反。我静静地坐在那里，听到头顶上的雨滴声，此时有声胜无声，我心里感到无量的喜悦，仿佛饮了仙露，吸了醍醐，大有飘飘欲仙之慨了。这声音时慢时急，时高时低，时响时沉，时断时续，有时如金声玉振，有时如黄钟大吕，有时如大珠小珠落玉盘，有时如红珊白瑚沉海里，有时如弹素琴，有时如舞霹雳，有时如百鸟争鸣，有时如兔落鹘起，我浮想联翩，不能自已，心花怒放，风生笔底。死文字仿佛活了起来，我也仿佛又溢满了青春活力。我平生很少有这样的精神境界，更难为外人道也。

在中国，听雨本来是雅人的事。我虽然自认还不是完全的俗人，但能否就算是雅人，却还很难说。我大概是介乎雅俗之间的一种动物吧。中国古代诗词中，关于听雨的作品是颇有一些的。顺便说上一句：外国诗词中似乎少见。我的朋友章用回忆表弟的诗中有"频梦春池添秀句，每闻夜雨忆联床"，是颇有一点诗意的。连《红楼梦》中的林妹妹都喜欢李义山的"留得残荷听雨声"之句。最有名的一首听雨的词当然是宋蒋捷的《虞美人》，词不长，我索性抄它一下：

少年听雨歌楼上，红烛昏罗帐。壮年听雨客舟中，江阔云低,断雁叫西风。

而今听雨僧庐下,鬓已星星也。悲欢离合总无情,一任阶前,点滴到天明。

蒋捷听雨时的心情,是颇为复杂的。他是用听雨这一件事来概括自己的一生的,从少年、壮年一直到老年,达到了"悲欢离合总无情"的境界。但是,古今对老的概念,有相当大的差异。他是"鬓已星星也",有一些白发,看来最老也不过五十岁左右。用今天的眼光看,他不过是介乎中老之间,用我自己比起来,我已经到了望九之年,鬓边早已不是"星星也",顶上已是"童山濯濯"了。要讲达到"悲欢离合总无情"的境界,我比他有资格。我已经能够"纵浪大化中,不喜亦不惧"了。

可我为什么今天听雨竟也兴高采烈呢?这里面并没有多少雅味,我在这里完全是一个"俗人"。我想到的主要是麦子,是那辽阔原野上的青青的麦苗。我生在乡下,虽然六岁就离开,谈不上干什么农活,但是我拾过麦子,捡过豆子,割过青草,劈过高粱叶。我血管里流的是农民的血,一直到今天垂暮之年,毕生对农民和农村怀着深厚的感情。农民最高的希望是多打粮食。天一旱,就威胁着庄稼的成长。即使我长期住在城里,下雨一少,我就望云霓,自谓焦急之情,绝不下于农民。北方春天,十年九旱。今年似乎又旱得邪行。我天天听天气预报,时时观察天上的云气。忧心如焚，徒唤奈何。在梦中也看到的是细雨蒙蒙。

今天早晨，我的梦竟实现了。我坐在这长宽不过几尺的阳台上，听到头顶上的雨声，不禁神驰千里，心旷神怡。在大大小小、高高低低，有的方正、有的歪斜的麦田里，每一个叶片都仿佛张开了小嘴，尽情地吮吸着甜甜的雨滴，有如天降甘露，本来有点黄萎的，现在变青了。本来是青的，现在更青了。宇宙间凭空添了一片温馨，一片祥和。

我的心又收了回来，收回到了燕园，收回到了我楼旁的小山上，收回到了门前的荷塘内。我最爱的二月兰正在开着花。它们拼命从泥土中挣扎出来，顶住了干旱，无可奈何地开出了红色的、白色的小花，颜色如故，而鲜亮无踪，看了给人以孤苦伶仃的感觉。在荷塘中，冬眠刚醒的荷花，正准备力量向水面冲击。水当然是不缺的。但是，细雨滴在水面上，画成了一个个小圆圈，方逝方生，方生方逝。这本来是人类中的诗人所欣赏的东西，小荷花看了也高兴起来，劲头更大了，肯定会很快地钻出水面。

我的心又收近了一层，收到了这个阳台上，收到了自己的腔子里，头顶上叮当如故，我的心情怡悦有加。但我时时担心，它会突然停下来。我潜心默祷，祝愿雨声长久响下去，响下去，永远也不停。

(二)

我大概对雨声情有独钟,我曾写过一篇《听雨》,现在又写《听雨》。

从凌晨起,外面就下起小雨来。我本来有几张桌子,供我写作之用;我却偏偏选了阳台上铁皮封顶下的一张。雨滴和檐溜敲在上面,叮当作响。小保姆劝我到屋里面另一张临窗的大桌旁去写作,说是那里安静。焉知我觉得在阳台上,在雨声中更安静。王籍诗:"鸟鸣山更幽。"有人以为奇怪:鸟不鸣不是比鸣更为幽静吗?山中这样的经验我没有,雨中这样的经验我却是有的。我觉得"雨响室更幽",眼前就是这样。

我伏在桌旁,奋笔疾书,上面铁皮上雨点和檐溜敲打得叮叮当当,宛如白居易《琵琶行》的琵琶声,"大珠小珠落玉盘",其声清越,缓急有节,敲打不停,似有间歇。其声不像贝多芬的音乐,不像肖邦的音乐,不像莫扎特的音乐,不像任何大音乐家的音乐;然而谛听起来,却真又像贝多芬,像肖邦,像莫扎特。我听而乐之,心旷神怡,心灵中特别幽静,文思如泉水涌起,深深地享受着写作的情趣。

悠然抬头,看到窗外,浓绿一片,雨丝像玉帘一般,在这一片浓绿中画上了线。新荷初露田田叶,垂柳摇曳丝丝烟,几疑置身非人间。

我当然会想到小山上我那些野草闲花的植物朋友，它们当然也绝不会轻易放过这样的天赐良机，尽量张大了嘴，吮吸这些从天上滴下来的甘露，为来日抵抗炎阳做好准备。

我头顶上滴声未息，而阳台上幽静有加，我仿佛离开了嘈杂的尘寰，与天地万物合为一体。

踢毽子

汪曾祺

我们小时候踢毽子,毽子都是自己做的。选两个小钱(制钱),大小厚薄相等,轻重合适,叠在一起,用布缝实,这便是毽子托。在毽托一面,缝一截鹅毛管,在鹅毛管中插入鸡毛,便是一只毽子。鹅毛管不易得,把鸡毛直接缝在毽托上,把鸡毛根部用线缠缚结实,使之向上直挺,较之插于鹅毛管中者踢起来尤为得劲。鸡毛须是公鸡毛,用母鸡毛做毽子的,必遭人笑话,只有刚学踢毽子的小毛孩子才这么干。鸡毛只能用大尾巴之前那一部分,以够三寸为合格。鸡毛要"活"的,即从活公鸡的身上拔下来的,这样的鸡毛,用手抹煞几下,往墙上一贴,可以粘住不掉。死鸡毛粘不住。后来我明白,大概活鸡毛经抹煞会产生静电。活鸡毛做的毽子毛茎柔软而有弹性,踢起来飘逸潇洒。死鸡毛做的毽子踢起来就发死发僵。鸡毛里讲究要"金绒帚子白绒哨子",即从五彩大公鸡身上拔下来的,毛的末端乌黑闪金光,下面的绒毛雪白。次一等的是芦花鸡毛。赭石的、土黄的,就更差了。我们那里养公鸡的人家很多,入了冬,快腌风鸡了,这时正是公鸡肥壮,羽毛丰满的时候,孩子们早就"贼"上谁家的鸡了,有时是明着跟人家要,有时乘没人看见,摁住一只大公鸡,噌噌拔了两把毛就跑。大多数孩子的书包里都有一两只足以自豪的毽子。踢毽子是乐事,做毽子也是乐事。一只"金绒帚子白绒哨子",放在桌上看看,也是挺美的。

我们那里毽子的踢法很复杂,花样很多。有小五套,中五套,大五套。小五套是"扬、拐、尖、托、笃",是用右脚的不同部位踢的。中五套是"偷、跳、舞、环、踩",也是用右脚踢,但以左脚作不同的姿势配合。大五套则是同时运用两脚踢,分"对、岔、绕、掼、挞"。小五套技术比较简单,运动量较小,一般是女生踢的。中五套较难,大五套则难度很大,运动量也很大。要准确地描述这些踢法是不可能的。这些踢法的名称也是外地人所无法理解的,连用通用的汉字写出来都困难,如"舞"读如"吴","掼"读kuàn,"笃"和"挞"都读入声。这些名称当初不知是怎么确立的。我走过一些地方,都没有见到毽子有这样多的踢法。也许在我没有到过的地方,毽子还有更多的踢法。我希望能举办一次全国毽子表演,看看中国的毽子到底有多少种踢法。

踢毽子总是要比赛的。可以单个地赛。可以比赛单项,如"扬"踢多少下,到踢不住为止;对手照踢,以踢多少下定胜负。也可以成套比赛,从"扬、拐、尖、托、笃""偷、跳、舞、环、踩"踢到"对、岔、绕、掼、挝"。也可以分组赛。组员由主将临时挑选,踢时一对一,由弱至强,最弱的先踢,最后主将出马,累计总数定胜负。

踢毽子也有名将,有英雄。我有个堂弟曾在县立中学踢毽子比赛中得过冠军。此人从小爱玩,不好好读书,常因国文不及格被一个姓高的老师打手心,后来忽然发愤用功,现在是全国有名的心脏外科专家。他比我小一岁,也已经是抱了孙子的人了,现在大概不会再踢毽子了。我们县有一个姓谢的,能在井栏上转着圈子踢毽子。这可是非常危险的事,重心稍一不稳,就会扑通一声掉进井里!

毽子还有一种大集体的踢法,叫作"嗨(读第一声)卯"。一个人"喂卯"——把毽子扔给嗨卯的,另一个人接到,把毽子使劲向前踢去,叫作"嗨"。嗨得极高,极远。嗨卯只能"扬",——用右脚里侧踢,别种踢法踢不到这样高,这样远。下面有一大群人,见毽子飞来,就一齐纵起身来抢这只毽子。谁抢着了,就有资格等着接递原嗨卯的去嗨。毽子如被喂卯的抢到,则他就可上去充当嗨卯的,嗨卯的就下来喂卯。一场嗨卯,全班同学出动，喊叫喝彩，热闹非常。课间十分钟，一会儿就过去了。

踢毽子是冬天的游戏。刘侗《帝京景物略》云"杨柳死，踢毽子"，大概全国皆然。

踢毽子是孩子的事，偶尔见到近二十边上的人还踢，少。北京则有老人踢毽子。有一年，下大雪，大清早晨，我去逛天坛，在天坛门洞里见到几位老人踢毽子。他们之中最年轻的也有六十多了。他们轮流传递着踢，一个传给一个，那个接过来，踢一两下，传给另一个。"脚法"大都是"扬"，间或也来一下"跳"。我在旁边也看了五分钟，毽子始终没有落到地下。他们大概是"毽友"，经常，也许是每天在一起踢。老人都腿脚利落，身板挺直，面色红润，双眼有光。大雪天，这几位老人是一幅画，一首诗。

一九八八年六月六日

佛手之香

肖复兴

那个星期天,我在潘家园旧货市场外面的街上,买了一只佛手。那时,这条街和市场里面一样的热闹,摆满了小摊,其中一个小摊卖的就是佛手。卖货的是个山东妇女,十几个大小不一、有青有黄的佛手,浑身疙疙瘩瘩的,躺在她脚前的一个竹篮里,百无聊赖的样子,像伸出来长短不一、粗细不均的枝杈来勾起人们的注意。很多人不认识这玩意儿,路过这里都会问问:这是什么呀,这么难看。扭头就走了,没有人买。我买了一个黄中带绿的大佛手,她很高兴,便宜了我两块钱,说她是大老远从山东带来的,谁知道你们北京人不认!

这东西好长时间没有在北京卖了。记得第一次见到它,起码是四十多年前了。那时,我还在读中学,是春节前,在街上买回一个，个头儿没有这个大，但小巧玲珑，长得比这个秀气。那时，父母都还健在，把它放在柜子上，像供奉小小的一尊佛，满屋飘香。

我不知道佛手能不能称之为水果。它可以吃，记得那时我偷偷掐下它的一小角，皮的味道像橘子皮，肉没有橘子好吃，发酸发苦，很涩。那时，我查过词典，说它是枸橼的变种，初夏时开上白下紫两种颜色的小花，冬天结果，但果实变形，像是过于饱满炸开了，裂成如今这般模样。它的用途很多，可以入药，可以泡酒，也可以做成蜜饯。那时我买的那个佛手没有摆到过年，就被父亲泡酒了，母亲一再埋怨父亲，说是摆到过年，多喜兴呀。

之后，我在唐花坞和植物园里看到过佛手，但都是盆栽的，很袖珍，只是看花一样赏景的。插队北大荒时，每次回北京探亲结束都要去六必居买咸菜带走，好度过北大荒没有青菜的漫长的冬春两季，在六必居我见过腌制的佛手，不过，已经切成片，变成了酱黄色，看不出一点儿佛指如仙的样子了。

我们中国人很会给水果起名字，我以为起得最好的便是佛手了，它不仅最象形，而且最具有超尘拔俗的境界。它伸出的杈杈，确实像佛手，只有佛的手指才会这样如兰花瓣宛转修长，曲折中有这样的韵致。我在敦煌壁画中看那些端坐于莲花座上和飞于彩云间的各式佛的手指，确实和它有几分相似。前不久看到了残疾人艺术团表演的《千手观音》，那伸展自如、风姿绰约的金色手指，确实能够让人把它们和佛手联系到一起。我买的这个佛手，回家后我细细数了数，一共二十四支手指。我不知道一般佛手长多少佛指，我猜想，二十四支，除了和千手观音比，它应该不算少了。

我把它放在卧室里，没有想到它会如此的香。特别是它身上的绿色完全变黄的时候，香味扑满了整个卧室，甚至长上了翅膀似的，飞出我的卧室，每当我从外面回来，刚刚打开房间的门，香味就像家里有条宠物狗一样扑了过来，毛茸茸的感觉，萦绕在身旁。我相信世界上所有的水果都没有它这种独特的香味。在水果里，只有菲律宾的菠萝才可以和它相比，但那种菠萝香味清新倒是清新，没有它的浓郁；有的水果，倒是很浓郁，比如榴梿，却有些浓郁得刺鼻。它的香味，真的是少一分则欠缺，多一分则过了界，拿捏得那样恰到好处，仿佛妙手天成，是上天的赐予，称它为佛手，确为得天独厚，别无二致，只有天国境界，才会有如此如梵乐清音一般的香味。西方是将亨德尔宗教色彩浓郁的清唱剧《弥赛亚》中那段清澈透明、高蹈如云的《哈利路亚》视为天国的国歌的，我想我们东方可以把佛手之香，称之为天国之香的。这样说并非没有道理，过去文字中常见珠玉成诗，兰露滋香，我想，香与花的供奉是佛教的一种虔诚的仪式，那种仪式中所供奉的香所散发的香味，大概就是这样的吧。《金刚经》里所说的处处花香散出的香味大概也就是这样的吧。

079

它的香味那样持久，也是我所料未及的。一个多月过去了，房间里还是香飘不断，可以说没有一朵花的香味能够存留得如此长久，越是花香浓郁的花，凋零得越快，香味便也随之玉殒色残了。它却还像当初一样，依旧香如故。但看看它的皮，从青绿到鹅黄到柠檬黄到芥末黄到土黄，到如今黄中带黑的斑斑点点了，而且已经发干发皱萎缩了，瘦筋筋的，只剩下了皮包骨。想想刚买回它时那丰满妖娆的样子，但让我感到的却不是美人迟暮的感觉，而是和日子一起变老的沧桑。

它已经老了，却还是把香味散发给我，虽然没有最初那样浓郁了，依然那样的清新沁人。那一刻，我忽然觉得它老得像母亲。是的，我想起了母亲，四十多年前，我第一次见到佛手的时候，母亲还不老。

2009年元旦试笔于北京

雅舍

梁实秋

到四川来,觉得此地人建造房屋最是经济。火烧过的砖,常常用来做柱子,孤零零的砌起四根砖柱,上面盖上一个木头架子,看上去瘦骨嶙嶙,单薄得可怜;但是顶上铺了瓦,四面编了竹篦墙,墙上敷了泥灰,远远的看过去,没有人能说不像是座房子。我现在住的"雅舍"正是这样一座典型的房子。不消说,这房子有砖柱,有竹篦墙,一切特点都应有尽有。讲到住房,我的经验不算少,什么"上支下摘""前廊后厦""一楼一底""三上三下""亭子间""茅草棚""琼楼玉宇"和"摩天大厦",各式各样,我都尝试过。我不论住在哪里,只要住得稍久,对那房子便发生感情,非不得已我还舍不得搬。这"雅舍",我初来时仅求其能蔽风雨,并不敢存奢望,现在住了两个多月,我的好感油然而生。虽然我已渐渐感觉它是并不能蔽风雨，因为有窗而无玻璃，风来则洞若凉亭，有瓦而空隙不少，雨来则渗如滴漏。纵然不能蔽风雨，"雅舍"还是自有它的个性。有个性就可爱。

"雅舍"的位置在半山腰，下距马路约有七八十层的土阶。前面是阡陌螺旋的稻田。再远望过去是几抹葱翠的远山，旁边有高粱地，有竹林，有水池，有粪坑，后面是荒僻的榛莽未除的土山坡。若说地点荒凉，则月明之夕，或风雨之日，亦常有客到。大抵好友不嫌路远，路远乃见情谊。客来则先爬几十级的土阶，进得屋来仍须上坡，因为屋内地板乃依山势而铺，一面高，一面低，坡度甚大，客来无不惊叹。我则久而安之，每日由书房走到饭厅是上坡，饭后鼓腹而出是下坡，亦不觉有大不便处。

"雅舍"共是六间，我居其二。篦墙不固，门窗不严，故我与邻人彼此均可互通声息。邻人轰饮作乐，咿唔诗章，喁喁细语，以及鼾声、喷嚏声、吮汤声、撕纸声、脱皮鞋声，均随时由门窗户壁的隙处荡漾而来，破我岑寂。入夜则鼠子瞰灯，才一合眼，鼠子便自由行动，或搬核桃在地板上顺坡而下，或吸灯油而推翻烛台，或攀援而上帐顶，或在门框桌脚上磨牙，使得人不得安枕。但是对于鼠子，我很惭愧地承认，我"没有法子"。"没有法子"一语是被外国人常常引用着的，以为这话最足代表中国人的懒惰隐忍的态度。其实我的对付鼠子并不懒惰。窗上糊纸，纸一戳就破；门户关紧，而相鼠有牙，一阵咬便是一个洞洞。

试问还有什么法子？洋鬼子住到"雅舍"里，不也是"没有法子"？比鼠子更骚扰的是蚊子。"雅舍"的蚊风之盛，是我前所未见的。"聚蚊成雷"真有其事！每当黄昏时候，满屋里磕头碰脑的全是蚊子，又黑又大，骨骼都像是硬的。在别处蚊子早已肃清的时候，在"雅舍"则格外猖獗，来客偶不留心，则两腿伤处累累隆起如玉蜀黍，但是我仍安之。冬天一到，蚊子自然绝迹，明年夏天——谁知道我还是住在"雅舍"！

"雅舍"最宜月夜——地势较高，得月较先。看山头吐月，红盘乍涌，一霎间，清光四射，天空皎洁，四野无声，微闻犬吠，坐客无不悄然！舍前有两株梨树，等到月升中天，清光从树间筛洒而下，地上阴影斑斓，此时尤为幽绝。直到兴阑人散，归房就寝，月光仍然逼进窗来，助我凄凉。细雨濛濛之际，"雅舍"亦复有趣。推窗展望，俨然米氏章法，若云若雾，一片弥漫。但若大雨滂沱，我就又惶悚不安了。屋顶湿印到处都有，起初如碗大，俄而扩大如盆，继则滴水乃不绝，终乃屋顶灰泥突然崩裂，如奇葩初绽，砉然一声而泥水下注，此刻满室狼藉，抢救无及。此种经验，已数见不鲜。

"雅舍"之陈设，只当得简朴二字，但洒扫拂拭，不使有纤尘。我非显要，故名公巨卿之照片不得入我室；我非牙医，故无博士文凭张挂壁间；我不业理发，故丝织西湖十景以及电影明星之照片亦均不能张我四壁。我有一几一椅一榻，酣睡写读，均已有着，我亦不复他求。但是陈设虽简，我却喜欢翻新布置。西人常常讥笑妇人喜欢变更桌椅位置，以为这是妇人天性喜变之一证。诬否且不论，我是喜欢改变的。中国旧式家庭，陈设千篇一律，正厅上是一条案，前面一张八仙桌，一边一把靠椅，两旁是两把靠椅夹一只茶几。我以为陈设宜求疏落参差之致，最忌排偶。"雅舍"所有，毫无新奇，但一物一事之安排布置俱不从俗。人入我室，即知此是我室。笠翁《闲情偶寄》之所论，正合我意。

"雅舍"非我所有，我仅是房客之一。但思"天地者万物之逆旅"，人生本来如寄，我住"雅舍"一日，"雅舍"即一日为我所有。即使此一日亦不能算是我有，至少此一日"雅舍"所能给予之苦辣酸甜，我实躬受亲尝。刘克庄词："客里似家家似寄"，我此时此刻卜居"雅舍"，"雅舍"即似我家。其实似家似寄，我亦分辨不清。

长日无俚，写作自遣，随想随写，不拘篇章，冠以"雅舍小品"四字，以示写作所在，且志因缘。

阳光容器

周涛

阳光从清冽、蔚蓝的天空中泼洒下来的时候，仿佛是被一个透彻的、空明而又高贵的容器过滤了。它看起来还是那样炽烈，那样明晃晃的，和所有正午的阳光一样炫目，但它其实已经不再灼烫闷人了。它从高空垂落下来，光芒四溅，游动跳跃，从这朵花转瞬蹿到那朵花，从这片草丛倏忽掠向那片草丛，依然可人和煦，但带着清新可爱的滋味，像一团充盈在天地之间的光芒的水流。

草原塌陷或隆起在一些山岗旁边，线条流畅自然地结合着，宛如床和枕头的关系。

远些的背景上，裸露出白岩石的山壁峻峭地雕刻出一些模糊粗犷的脸型，奇特地、一动不动地盯视着草原，表情怪异。

再远，钢蓝色的山体便从浓艳的绿野中分离出来，组合成天边的一列坚硬而又披挂了深雪的高大尖顶营帐；它们总能被人一眼望见，却让人总也走不近它们。这些耸立天庭的雪峰和草原浓艳的夏天离得似乎是太近了，近得令人不敢相信，这就使这些巨大的实体看起来很像是假的。纯钢一般湛蓝的山体，耸峙并插进蓝得宁静明洁的天空。两种蓝，高度和谐而又截然不同，你无法说清这两种质地的蓝是怎样在空间里被鲜明区分的。

阳光正是从这样一种蓝得发亮的容器中倾泻下来，恣意地溅洒在草地上，饱满充沛，看样子不像是能够枯竭、不会有光芒泻尽的日子。

这些光芒的瀑雨无声地向下降落，无声而缓慢，均匀而有力，一俟接触地面，触碰到白的岩石和各种颜色的明媚的野花，便会在花瓣的光彩上惊跳起来，反弹并四处迸溅，光芒像是撞碎散开的水珠，向各个方向惊跳，滑出优美的弧度，纠缠、交织，在宁静无人的夏季牧场上织出一片炫目的、灿烂的光芒彩雨。这奢华的、浪费的阳光，正独自毫无目的地倾泻着，仅仅是为了漫无边际的茂盛的牧草繁荣滋长。

牧草长深了。滩上或山坡上的草已经没过了足踝，偶然有些地方裸露出小块未被草植遮盖的地皮，好像是大自然的随意和疏漏；山岗顶上的牧场正透着阴凉之气，草长得更深厚，已经可以陷没人的膝盖。

草原这时是一位画家，但只是画家而并不同时又是音乐家。它在这块大画布上涂抹油彩的时候，是非常愿意宁静的，在它色块汹涌奔流的空间里，任何细微的声响都能成为注意的中心。光斑在花朵上弹射、迸溅，却在草色深浅中被吸收，被融入，阳光渗入绿色的时候就好像水珠渗入厚壤那么容易。

有时候蓦然间会从天空中跌落下来一两只黄鸭，嘎嘎地大叫着，扑啦啦扇动着两张短翅膀。从蓝色晴空的说不清哪处缝隙间跌落下来，嘎嘎的大叫声和翅膀的扑扇声回荡震颤在原野山岗上，惊天动地，使人惊奇那么小的生物何以竟会发出如此之大的声响。黄鸭很像一个笨重、金黄的傻瓜，不慎从云朵上一脚踏空，滑着弧度栽落下来，穿过光芒交织的彩雨，直向下跌，它嘎嘎的怪叫声仿佛是在大喊"救命"。结果，它一着地，就摇摆着屁股跌跌撞撞地走进草丛里不见了，虚惊一场。

还有时候，会有三五只天鹅像一组大型客机在草滩上降落。它们不大怪叫，只是平稳地飞行着，渐渐降低，互相仿佛商量了一下，然后沿着一个看不见的斜度轻盈而下，保持着飞行距离，着陆；它们像银子铸就的一般，把自己优美的身体合适地放在碧绿草毯的陪衬之中。

然而这一切并不引起草原的格外注意。它仍然宁静，光芒炫目或者因一朵云影的移动而暗转阴凉。

山岗在远处盘绕着。

几匹像是失散的无家可归的马,悠闲地甩着长尾——尾巴上粘着刺球、草秆——驱赶蚊蝇。它们谁也不搭理谁,谁也不想独自走得太远,就那么吃着草,偶或扬起长鬃披散的颈子来怅望一下远方,像一伙子离家出走有些后悔但又想不起家来的流浪汉。

山岗依然在远处盘绕着,没有移动。

草的生机使它毛茸茸的、湿漉漉的,像是伏卧在那里的蜗牛,很久很久,它都没有动一下。巩乃斯河流得非常平静,随着地势的起伏偶尔闪露出一段水流,光芒并不耀目。它的拐弯处或平阔处长满了大片的芦苇,遮掩着它,使它像一个藏而不露、很有心计的动物。

离河不远的略微高起的坡地上,正露出一排土房子。

荠菜花

陈晓卿

过了元旦,北京一家超市里就有荠菜卖,大塑料袋装着,碧绿碧绿的。每次从旁边经过,都忍不住上前摆弄两下,明明知道自己不可能有功夫料理它,但还是愿意放纵自己假装购买的小冲动。

三月三,荠菜赛灵丹。其实再过几天的清明时分,才是吃荠菜最好的时节。一望无际的大平原上,满眼是正在开花的油菜和拔节的小麦,一片片绿的,一片片黄的,好像无数块巴西国旗。我和两个妹妹,每人拿着一把油漆工刮腻子的那种小铲子,行走在田埂上。这正是挖荠菜的时节:再早的荠菜味道不够明显,而且不多;晚半个月,它又老了,不能再吃。

小妹跟着纯粹是起哄,顺带做一些户外运动,大妹则是挖荠菜的主力。她跟外公外婆长大的，天生认得荠菜的长相，就是我这个当哥哥的也不得不服。一面挖，大妹一面讲解。但说实话，荠菜挺难辨别，认荠菜这件事，曾耗费了我好几年的时间。你说边缘是锯齿状吧，也不完全对，说像钥匙的齿牙，它的头又是圆的……当然，荠菜也有好辨认的时候——不过那时已经不能食用了——我指的是开了花的荠菜。

荠菜开的花小小的，白色。在一本植物图谱（印象中为汪曾祺先生所绘）中我看到过，确实不打眼。花落结子，荠菜短暂的一生也就结束了。图谱的文字描述很文学，说它"纯朴而不张扬"，好似"邻家姑娘"一般。

每次我们要挖满一篮子荠菜才会回家，我妈接过篮子开始择菜，择完只能剩下大半筐——主要因为我还是带回了诸如苦麻菜、灰灰菜等一些近似野菜。荠菜也分两种，田埂上的和麦田里的。田埂上的伏地生长，每日光合作用充分，颜色略深，味道浓郁；麦田里的，也就是北京超市里卖的那种，碧绿油嫩，体形也大一些。前者适合做馅儿，后者更宜羹汤。但，不管哪一种，我们采回来之后，便是对父母的要挟——饺子、馄饨还是肉圆汤？每一种都能满足我们旺盛的肠胃以及馋猫般的味蕾。

然而我们勤俭的妈，绝不会因为我们的劳动而牺牲口袋里的钱。她身边随处都能找到不买肉的理由，"这月家里财政紧张""今天太晚，卖肉的下班了""荠菜烩豆腐你没吃过吧"……我爹则是个乐观主义者，他发明过摊荠菜饼、炝炒荠菜、荠菜蛋花汤……更令人发指的是，他给我们做过凉拌荠菜：把荠菜焯熟，盐去水分，佐以香醋、香油，一道凉拌便上了桌。一家人，居然也吃得山响。

我注意过父亲放香油的动作，香油瓶是医院的盐水瓶改装的，我爹每次会在凉菜里倒入两滴或三滴，收回的时候，他会在瓶口轻轻舔上一下，然后做一个很满足的表情。我记住了这个动作，也沿袭了下来。后来我读研的时候，有次同学聚餐，给大家凉拌豇豆，最后注入香油的时候，我像我爹一样先把舌头束成三角状，在香油瓶沿上轻轻舔了一下，结果，同学们舆论大哗，齐声谴责我太恶心……这件事让我明白了一个道理——老子传下来的东西不一定都是正确的。

不加配搭的凉拌显然不是烹饪荠菜最佳的方法。荠菜的香味很素，很窄，需要用动物油做牵引，它本身的香味才会彰显出来，进而无限放大，这也是为什么大家做荠菜的时候喜欢用它来包饺子、氽肉圆汤的原因。可能我是这个世界上为数不多的吃过素炒荠菜、荠菜清汤以及凉拌荠菜的人。但这并不影响我们的食欲，依然让我们甘荠菜若饴，以至于年复一年，我和妹妹们一到清明仍然有到城外挖荠菜的冲动。

后来，我和妹妹离开家乡，最后寄居北京。大概是十年前，大妹家买了房，孤零零的塔楼前面便是大片的麦地。我对麦子有兴趣，一路摸索过去，竟然在冬小麦的丛中找到了大片大片的荠菜！我如获至宝。此时，超市里已经可以轻易买得到肉馅，那一天，我们以荠菜为主题，吃了饺子和冬瓜荠菜圆子汤，那种馨香让我们仿佛在刹那间回到了童年，回到了故乡。

春在溪头荠菜花。说得好，要体会春天，最好到乡野中去。稼轩词中的上句则是：城中桃李愁风雨。是啊，不能待在北京这地方，而要去乡下，有蓝天，有野花，没有沙尘，也没有堵车，更没有火炬。

所以我准备收拾行装，回老家一趟，就今天，约老男人喝个大酒，就走。

2008年4月1日

辑三

四方食事，不过一碗人间烟火

苏州人做塘鳢鱼有清炒、椒盐多法。
我们家乡通常的吃法是氽汤，
加醋、胡椒。
虎头鲨氽汤，鱼肉极细嫩，松而不散，
汤味极鲜，开胃。

故乡的食物

汪曾祺

炒米和焦屑

小时读《板桥家书》，"天寒岁暮，穷亲戚朋友到门，先泡一大碗炒米送手中，佐以酱姜一小碟，最是暖老温贫之具"，觉得很亲切。郑板桥是兴化人，我的家乡是高邮，风气相似。这样的感情，是外地人们不易领会的。炒米是各地都有的。但是很多地方都做成了炒米糖。这是很便宜的食品。孩子买了，咯咯地嚼着。四川有"炒米糖开水"，车站码头都有得卖，那是泡着吃的。但四川的炒米糖似也是专业的作坊做的，不像我们那里。我们那里也有炒米糖，像别处一样，切成长方形的一块一块。也有搓成圆球的,叫作"欢喜团"。那也是作坊里做的。但通常所说的炒米,是不加糖黏结的,是"散装"的;而且不是作坊里做出来,是自己家里炒的。

说是自己家里炒,其实是请了人来炒的。炒炒米也要点手艺,并不是人人都会的。入了冬,大概是过了冬至吧,有人背了一面大筛子,手执长柄的铁铲,大街小巷地走,这就是炒炒米的。有时带一个助手,多半是个半大孩子,是帮他烧火的。请到家里来,管一顿饭,给几个钱,炒一天。或二斗,或半石;像我们家人口多,一次得炒一石糯米。炒炒米都是把一年所需一次炒齐,没有零零碎碎炒的。过了这个季节,再找炒炒米的也找不着。一炒炒米,就让人觉得,快要过年了。

装炒米的坛子是固定的,这个坛子就叫"炒米坛子",不作别的用途。舀炒米的东西也是固定的,一般人家大都是用一个香烟罐头。我的祖母用的是一个"柚子壳"。柚子——我们那里柚子不多见,从顶上开一个洞,把里面的瓤掏出来,再塞上米糠,风干,就成了一个硬壳的钵状的东西。她用这个柚子壳用了一辈子。

我父亲有一个很怪的朋友,叫张仲陶。他很有学问,曾教我读过《项羽本纪》。他薄有田产,不治生业,整天在家研究《易经》,算卦。他算卦用蓍草。全城只有他一个人用蓍草算卦。据说他有几卦算得极灵。有一家,丢了一只金戒指,怀疑是女用人偷了。这女用人蒙了冤枉，来求张先生算一卦。张先生算了，说戒指没有丢，在你们家炒米坛盖子上。一找，果然。我小时就不大相信，算卦怎么能算得这样准，怎么能算得出在炒米坛盖子上呢？不过他的这一卦说明了一件事，即我们那里炒米坛子是几乎家家都有的。

　　炒米这东西实在说不上有什么好吃。家常预备，不过取其方便。用开水一泡，马上就可以吃。在没有什么东西好吃的时候，泡一碗，可代早晚茶。来了平常的客人，泡一碗，也算是点心。郑板桥说"穷亲戚朋友到门，先泡一大碗炒米送手中"，也是说其省事，比下一碗挂面还要简单。炒米是吃不饱人的。一大碗，其实没有多少东西。我们那里吃泡炒米，一般是抓上一把白糖，如板桥所说，"佐以酱姜一小碟"，也有，少。我现在岁数大了，如有人请我吃泡炒米，我倒宁愿来一小碟酱生姜——最好滴几滴香油，那倒是还有点意思。另外还有一种吃法，用猪油煎两个嫩荷包蛋——我们那里叫作"蛋瘪子"，抓一把炒米和在一起吃。这种食品是只有"惯宝宝"才能吃得到的。谁家要是老给孩子吃这种东西，街坊就会有议论的。

　　我们那里还有一种可以急就的食品，叫作"焦屑"。糊锅巴磨成碎末，就是焦屑。我们那里，餐餐吃米饭，顿顿有锅巴。把饭铲出来，锅巴用小火烘焦，起出来，卷成一卷，存着。锅巴是不会坏的，不发馊，不长霉。攒够一定的数量，就用一具小石磨磨碎，放起来。焦屑也像炒米一样，用开水冲冲，就能吃了。焦屑调匀后成糊状，有点像北方的炒面，但比炒面爽口。

我们那里的人家预备炒米和焦屑，除了方便，原来还有一层意思，是应急。在不能正常煮饭时，可以用来充饥。这很有点像古代行军用的"糒"。有一年，记不得是哪一年，总之是我还小，还在上小学，党军（国民革命军）和联军（孙传芳的军队）在我们县境内开了仗，很多人都躲进了红十字会。不知道出于一种什么信念，大家都以为红十字会是哪一方的军队都不能打进去的，进了红十字会就安全了。红十字会设在炼阳观，这是一个道士观。我们一家带了一点行李进了炼阳观。祖母指挥着，特别关照，把一坛炒米和一坛焦屑带了去。我对这种打破常规的生活极感兴趣。晚上，爬到吕祖楼上去，看双方军队枪炮的火光在东北面不知什么地方一阵一阵地亮着，觉得有点紧张，也觉得好玩。很多人家住在一起，不能煮饭，这一晚上，我们是冲炒米、泡焦屑度过的。没有床铺，我把几个道士诵经用的蒲团拼起来，在上面睡了一夜。这实在是我小时候度过的一个浪漫主义的夜晚。

第二天，没事了，大家就都回家了。炒米和焦屑和我家乡的贫穷和长期的动乱是有关系的。

端午的鸭蛋

家乡的端午，很多风俗和外地一样。系百索子。五色的丝线拧成小绳，系在手腕上。丝线是掉色的，洗脸时沾了水，手腕上就印得红一道绿一道的。做香角子。丝线缠成小粽子，里头装了香面，一个一个串起来，挂在帐钩上。贴五毒。红纸剪成五毒，贴在门槛上。贴符。这符是城隍庙送来的。城隍庙的老道士还是我的寄名干爹，他每年端午节前就派小道士送符来，还有两把小纸扇。符送来了，就贴在堂屋的门楣上。一尺来长的黄色、蓝色的纸条，上面用朱笔画些莫名其妙的道道，这就能辟邪吗？喝雄黄酒。用酒和的雄黄在孩子的额头上画一个王字，这是很多地方都有的。有一个风俗不知别处有不：放黄烟子。黄烟子是大小如北方的麻雷子的炮仗，只是里面灌的不是硝药，而是雄黄。点着后不响，只是冒出一股黄烟，能冒好一会儿。把点着的黄烟子丢在橱柜下面，说是可以熏五毒。小孩子点了黄烟子，常把它的一头抵在板壁上写虎字。写黄烟虎字笔画不能断，所以我们那里的孩子都会写草书的"一笔虎"。还有一个风俗，是端午节的午饭要吃"十二红"，就是十二道红颜色的菜。十二红里我只记得有炒红苋菜、油爆虾、咸鸭蛋，其余的都记不清，数不出了。也许十二红只是一个名目，不一定真凑足十二样。不过午饭的菜都是红的，这一点是我没有记错的，而且，苋菜、虾、鸭蛋，一定是有的。这三样，在我的家乡，都不贵，多数人家是吃得起的。

我的家乡是水乡，出鸭。高邮大麻鸭是著名的鸭种。鸭多，鸭蛋也多。高邮人也善于腌鸭蛋。高邮咸鸭蛋是出了名的。我在苏南、浙江，每逢有人问起我的籍贯，回答之后，对方就会肃然起敬："哦！你们那里出咸鸭蛋！"上海的卖腌腊的店铺里也卖咸鸭蛋，必用纸条特别标明："高邮咸蛋"。高邮还出双黄鸭蛋。别处鸭蛋也偶有双黄的，但不如高邮的多，可以成批输出。双黄鸭蛋味道其实无特别处。还不就是个鸭蛋！只是切开之后，里面圆圆的两个黄，使人惊奇不已。我对异乡人称道高邮鸭蛋，是不大高兴的，好像我们那穷地方就出鸭蛋似的！不过高邮的咸鸭蛋，确实是好，我走的地方不少，所食鸭蛋多矣，但和我家乡的完全不能相比！曾经沧海难为水，他乡咸鸭蛋，我实在瞧不上。袁枚的《随园食单·小菜单》有"腌蛋"一条。袁子才这个人我不喜欢，他的《食单》好些菜的做法是听来的，他自己并不会做菜。但是"腌蛋"这一条我看后却觉得很亲切，而且"餐有荣焉"。文不长，录如下：

> 腌蛋以高邮为佳，颜色红而油多，高文端公最喜食之。席间先夹取以敬客，放盘中，总宜切开带壳，黄白兼用；不可存黄去白，使味不全，油亦走散。

高邮咸蛋的特点是质细而油多。蛋白柔嫩，不似别处的发干、发粉，入口如嚼石灰。油多尤为别处所不及。鸭蛋的吃法，如袁子才所说，带壳切开，是一种，那是席间待客的办法。平常食用，一般都是敲破"空头"用筷子挖着吃。筷子头一扎下去，吱——红油就冒出来了。高邮咸蛋的黄是通红的。苏北有一道名菜，叫作"朱砂豆腐"，就是用高邮鸭蛋黄炒的豆腐。我在北京吃的咸鸭蛋，蛋黄是浅黄色的，这叫什么咸鸭蛋呢！

端午节，我们那里的孩子兴挂"鸭蛋络子"。头一天，就由姑姑或姐姐用彩色丝线打好了络子。端午一早，鸭蛋煮熟了，由孩子自己去挑一个，鸭蛋有什么可挑的呢？有！一要挑淡青壳的。鸭蛋壳有白的和淡青的两种。二要挑形状好看的。别说鸭蛋都是一样的，细看却不同。有的样子蠢，有的秀气。挑好了，装在络子里，挂在大襟的纽扣上。这有什么好看呢？然而它是孩子心爱的饰物。鸭蛋络子挂了多半天，什么时候孩子一高兴，就把络子里的鸭蛋掏出来，吃了。端午的鸭蛋，新腌不久，只有一点淡淡的咸味，白嘴儿吃也可以。

孩子吃鸭蛋是很小心的，除了敲去空头，不把蛋壳碰破。蛋黄蛋白吃光了，用清水把鸭蛋里面洗净，晚上捉了萤火虫来，装在蛋壳里，空头的地方糊一层薄罗。萤火虫在鸭蛋壳里一闪一闪地亮，好看极了！

小时读囊萤映雪故事，觉得东晋的车胤用练囊盛了几十只萤火虫，照了读书，还不如用鸭蛋壳来装萤火虫。不过用萤火虫照亮来读书，而且一夜读到天亮，这能行吗？车胤读的是手写的卷子，字大，若是读现在的新五号字，大概是不行的。

咸菜茨菰汤

一到下雪天，我们家就喝咸菜汤，不知是什么道理。是因为雪天买不到青菜？那也不见得。除非大雪三日，卖菜的出不了门，否则他们总还会上市卖菜的。这大概只是一种习惯。一早起来，看见飘雪花了，我就知道：今天中午是咸菜汤！

咸菜是青菜腌的。我们那里过去不种白菜，偶有卖的，叫作"黄芽菜"，是外地运去的，很名贵。一般黄芽菜炒肉丝，是上等菜。半常吃的，都是青菜，青菜似油菜，但高大得多。入秋，腌菜，这时青菜正肥。把青菜成担地买来，洗净，晾去水汽，下缸。一层菜，一层盐，码实，即成。随吃随取，可以一直吃到第二年春天。

腌了四五天的新咸菜很好吃，不咸，细、嫩、脆、甜，难可比拟。

咸菜汤是咸菜切碎了煮成的。到了下雪的天气，咸菜已经腌得很咸了，而且已经发酸，咸菜汤的颜色是暗绿的。没有吃惯的人，是不容易引起食欲的。

咸菜汤里有时加了茨菇片，那就是咸菜茨菇汤。或者叫茨菇咸菜汤，都可以。

我小时候对茨菇实在没有好感。这东西有一种苦味。民国二十年，我们家乡闹大水，各种作物减产，只有茨菇却丰收。那一年我吃了很多茨菇，而且是不去茨菇的嘴子的，真难吃。

我十几岁离乡，辗转漂流，三四十年没有吃到茨菇，并不想。

前好几年，春节后数日，我到沈从文老师家去拜年，他留我吃饭，师母张兆和炒了一盘茨菇肉片。沈先生吃了两片茨菇，说："这个好！格比土豆高。"我承认他这话。吃菜讲究"格"的高低，这种语言正是沈老师的语言。他是对什么事物都讲"格"的，包括对于茨菇、土豆。

因为久违，我对茨菇有了感情。前几年，北京的菜市场在春节前后有卖茨菇的。我见到，必要买一点回来加肉炒了。家里人都不怎么爱吃。所有的茨菇，都由我一个人"包圆儿"了。

北方人不识茨菇。我买茨菇，总要有人问我："这是什么？""茨菇。""茨菇是什么？"这可不好回答。

北京的茨菇卖得很贵，价钱和"洞子货"（温室所产）的西红柿、野鸡脖韭菜差不多。

我很想喝一碗咸菜茨菇汤。

我想念家乡的雪。

虎头鲨、昂嗤鱼、砗螯、螺蛳、蚬子

苏州人特重塘鳢鱼。上海人也是，一提起塘鳢鱼，眉飞色舞。塘鳢鱼是什么鱼？我向往之久矣。到苏州，曾想尝尝塘鳢鱼，未能如愿。后来我知道：塘鳢鱼就是虎头鲨，嘿！

塘鳢鱼亦称土步鱼。《随园食单》："杭州以土步鱼为上品，而金陵人贱之，目为虎头蛇，可发一笑。"虎头蛇即虎头鲨。这种鱼样子不好看，而且有点凶恶。浑身紫褐色，有细碎黑斑，头大而多骨，鳍如蝶翅。这种鱼在我们那里也是贱鱼，是不能上席的。苏州人做塘鳢鱼有清炒、椒盐多法。我们家乡通常的吃法是氽汤，加醋、胡椒。虎头鲨氽汤，鱼肉极细嫩，松而不散，汤味极鲜，开胃。

昂嗤鱼的样子也很怪，头扁嘴阔，有点像鲇鱼，无鳞，皮色黄，有浅黑色的不规整的大斑。无背鳍，而背上有一根很硬的尖锐的骨刺。用手捏起这根骨刺，它就发出"昂嗤昂嗤"小小的声音。这声音是怎么发出来的，我一直没弄明白。这种鱼是由这种声音得名的。它的学名是什么，只有去问鱼类学专家了。这种鱼没有很大的，七八寸长的，就算难得的了。这种鱼也很贱，连乡下人也看不起。我的一个亲戚在农村插队，见到昂嗤鱼，买了一些，农民都笑他："买这种鱼干什么！"昂嗤鱼其实是很好吃的。昂嗤鱼通常也是氽汤。虎头鲨是醋汤,昂嗤鱼不加醋,汤白如牛乳,是谓"奶汤"。昂嗤鱼也极细嫩,鳃边的两块蒜瓣肉有拇指大,堪称至味。有一年,北京一家鱼店不知从哪里运来一些昂嗤鱼,无人问津。顾客都不识这是啥鱼。有一位卖鱼的老师傅倒知道:"这是昂嗤。"我看到,高兴极了,买了十来条。回家一做,满不是那么一回事!昂嗤要吃活的(虎头鲨也是活杀)。长途转运,又在冷库里冰了一些日子,肉质变硬,鲜味全失,一点意思都没有!

砗螯我的家乡叫馋螯,砗螯是扬州人的叫法。我在大连见到花蛤,我以为就是砗螯,不是。形状很相似,入口全不同。花蛤肉粗而硬,咬不动。砗螯极柔软细嫩。砗螯好像是淡水里产的,但味道却似海鲜。有点像蛎黄,但比蛎黄味道清爽。比青蛤、蚶子味厚。砗螯可清炒,烧豆腐,或与咸肉同煮。砗螯烧乌青菜(江南人叫塌苦菜),风味绝佳。乌青菜如是经霜而现拔的,尤美。我不食砗螯四十五年矣。

砗螯壳稍呈三角形,质坚,白如细瓷,而有各种颜色的弧形花斑,有浅紫的,有暗红的,有赭石、墨蓝的,很好看。家里买了砗螯,挖出砗螯肉,我们就从一堆砗螯壳里去挑选,挑到好的,洗净了留起来玩。砗螯壳的铰合部有两个突出的尖嘴子,把尖嘴子在糙石上磨磨,不一会儿就磨出两个小圆洞,含在嘴里吹,呜呜地响,且有细细颤音,如风吹窗纸。

螺蛳处处有之。我们家乡清明吃螺蛳，谓可以明目。用五香煮熟螺蛳，分给孩子，一人半碗，由他们自己用竹签挑着吃，孩子吃了螺蛳，用小竹弓把螺蛳壳射到屋顶上，咔啦咔啦地响。夏天"检漏"，瓦匠总要扫下好些螺蛳壳。这种小弓不作别的用处，就叫作螺蛳弓，我在小说《戴车匠》里对螺蛳弓有较详细的描写。

蚬子是我所见过的贝类里最小的了，只有一粒瓜子大。蚬子是剥了壳卖的。剥蚬子的人家附近堆了好多蚬子壳，像一个坟头。蚬子炒韭菜，很下饭。这种东西非常便宜，为小户人家的恩物。

有一年修运河堤。按工程规定，有一段堤面应铺碎石，包工的贪污了款子，在堤面铺了一层蚬子壳。前来检收的委员，坐在汽车里，向外一看，白花花的一片，还抽着雪茄烟，连说："很好！很好！"

我的家乡富水产。鱼之中名贵的是鳊鱼、白鱼（尤重翘嘴白）、鳜花鱼（即桂鱼），谓之"鳊、白、鳜"。虾有青虾、白虾。蟹极肥。以无特点，故不及。

野鸭、鹌鹑、斑鸠、鵽

过去我们那里野鸭子很多。水乡，野鸭子自然多。秋冬之际，天上有时"过"野鸭子，黑乎乎的一大片，在地上可以听到它们鼓翅的声音，呼呼的，好像刮大风。野鸭子是枪打的（野鸭肉里常常有很细的铁砂子，吃时要小心），但打野鸭子的人自己不进城来卖。卖野鸭子有专门的摊子。有时卖鱼的也卖野鸭子，把一个养活鱼的木盆翻过来，野鸭一对一对地摆在盆底，卖野鸭子是不用秤约的，都是一对一对地卖。野鸭子是有一定分量的。依分量大小，有一定的名称，如"对鸭""八鸭"。哪一种有多大分量，我现在已经记不清了。卖野鸭子都是带毛的。卖野鸭子的可以代客当场去毛，拔野鸭毛是不能用开水烫的。野鸭子皮薄，一烫，皮就破了。干拔。卖野鸭子的把一只鸭子放入一个麻袋里，一手提鸭，一手拔毛，一会儿就拔净了——放在麻袋里拔，是防止鸭毛飞散。代客拔毛，不另收费，卖野鸭子的只要那一点鸭毛——野鸭毛是值钱的。

野鸭的吃法通常是切块红烧。清炖大概也可以吧，我没有吃过。野鸭子肉的特点是细、"酥"，不像家鸭每每肉老。野鸭烧咸菜是我们那里的家常菜。里面的咸菜尤其是佐粥的妙品。

现在我们那里的野鸭子很少了。前几年我回乡一次，偶有，卖得很贵。原因据说是因为县里对各乡水利作了全面综合治理，过去的水荡子、荒滩少了，野鸭子无处栖息。而且，野鸭子过去是吃收割后遗撒在田里的谷粒的，现在收割得很干净，颗粒归仓，野鸭子没有什么可吃的，不来了。

鹌鹑是网捕的。我们那里吃鹌鹑的人家少，因为这东西只有由乡下的亲戚送来，市面上没有卖的。鹌鹑大都是用五香卤了吃。也有用油炸了的。鹌鹑能斗，但我们那里无斗鹌鹑的风气。

我看见过猎人打斑鸠。我在读初中的时候，午饭后，我到学校后面的野地里去玩。野地里有小河，有野蔷薇，有金黄色的茼蒿花，有苍耳（苍耳子有小钩刺，能挂在衣裤上，我们管它叫"万把钩"），有才抽穗的芦荻。在一片树林里，我发现一个猎人。我们那里猎人很少，我从来没有见过猎人，但是我一看见他，就知道：他是一个猎人。这个猎人给我一个非常猛厉的印象。他穿了一身黑，下面却缠了鲜红的绑腿。他很瘦。他的眼睛黑，而且冷。他握着枪。他在干什么？树林上面飞过一只斑鸠。他在追逐这只斑鸠。斑鸠分明已经发现猎人了。它想逃脱。斑鸠飞到北面，在树上落一落，猎人一步一步往北走。斑鸠连忙往南面飞，猎人扬头看了一眼，斑鸠落定了，猎人又一步一步往南走，非常冷静。这是一场无声的，然而非常紧张的、持续的较量。斑鸠来回飞，猎人来回走。我很奇怪，为什么斑鸠不往树林外面飞。这样几个来回，斑鸠慌了神了，它飞得不稳了，歪歪倒倒的，失去了原来均匀的节奏。忽然，砰——枪声一响，斑鸠应声而落。猎人走过去，拾起斑鸠，看了看，装在猎袋里。他的眼睛很黑，很冷。

我在小说《异秉》里提到王二的熏烧摊子上，春天，卖一种叫作"䴘"的野味。䴘这种东西我在别处没看见过。"䴘"这个字很多人也不认得。多数字典里不收。《辞海》里倒有这个字，标音为duò（又读zhuā）。zhuā与我乡读音较近，但我们那里是读入声的，这只有用国际音标才标得出来。即使用国际音标标出，在不知道"短促急收藏"的北方人也是读不出来的。《辞海》"䴘"字条下注云"见䴘鸠"，似以为"䴘"即"䴘鸠"。而在"䴘鸠"条下注云："鸟名。雉属。即'沙鸡'。"这就不对了。沙鸡我是见过的，吃过的。内蒙古、张家口多出沙鸡。《尔雅·释鸟》郭璞注，"出北方沙漠地"，不错。北京冬季偶尔也有卖的。沙鸡嘴短而红，腿也短。我们那里的䴘却是水鸟，嘴长，腿也长。䴘的滋味和沙鸡有天渊之别。沙鸡肉较粗，略有酸味；䴘肉极细，非常香。我一辈子没有吃过比䴘更香的野味。

蒌蒿、枸杞、荠菜、马齿苋

小说《大淖记事》："春初水暖，沙洲上冒出很多紫红色的芦芽和灰绿色的蒌蒿，很快就是一片翠绿了。"我在书页下方加了一条注："蒌蒿是生于水边的野草，粗如笔管，有节，生狭长的小叶，初生二寸来高，叫作'蒌蒿薹子'，加肉炒食极清香……"蒌蒿的"蒌"字，我小时不知怎么写，后来偶然看了一本什么书，才知道的。这个字音"吕"。我小学有一个同班同学,姓吕,我们就给他起了个外号,叫"蒌蒿薹子"(蒌蒿薹子家开了一爿糖坊,小学毕业后未升学,我们看见他坐在糖坊里当小老板,觉得很滑稽)。但我查了几本字典,"蒌"都音"楼",我有点恍惚了。"楼""吕"一声之转。许多从"娄"的字都读"吕",如"屡""缕""褛"……这本来无所谓,读"楼"读"吕",关系不大。但字典上都说蒌蒿是蒿之一种,即白蒿,我却有点不以为然了。我小说里写的蒌蒿和蒿其实不相干。读苏东坡《惠崇春江晚景》诗:"竹外桃花三两枝,春江水暖鸭先知。蒌蒿满地芦芽短,正是河豚欲上时。"此蒌蒿生于水边,与芦芽为伴,分明是我的家乡人所吃的蒌蒿,非白蒿。或者"即白蒿"的蒌蒿别是一种,未可知矣。深望懂诗、懂植物学,也懂吃的博雅君子有以教我。

我的小说注文中所说的"极清香",很不具体。嗅觉和味觉是很难比方,无法具体的。昔人以为荔枝味似软枣,实在是风马牛不相及。我所谓"清香",即食时如坐在河边闻到新涨的春水的气味。

这是实话,并非故作玄言。

枸杞到处都有。开花后结长圆形的小浆果,即枸杞子。我们叫它"狗奶子",形状颇像。本地产的枸杞子没有入药的,大概不如宁夏产的好。枸杞是多年生植物。春天,冒出嫩叶,即枸杞头。枸杞头是容易采到的。偶尔也有近城的乡村的女孩子采了,放在竹篮里叫卖："枸杞头来！……"枸杞头可下油盐炒食；或用开水焯了，切碎，加香油、酱油、醋，凉拌了吃。那滋味，也只能说"极清香"。春天吃枸杞头，云可以清火，如北方人吃苣荬菜一样。

"三月三，荠菜花赛牡丹。"俗谓是日以荠菜花置灶上，则蚂蚁不上锅台。

北京也偶有荠菜卖。菜市上卖的是园子里种的，茎白叶大，颜色较野生者浅淡，无香气。农贸市场间有南方的老太太挑了野生的来卖，则又过于细瘦，如一团乱发，制熟后强硬扎嘴。总不如南方野生的有味。

江南人惯用荠菜包春卷，包馄饨，甚佳。我们家乡有用来包春卷的，用来包馄饨的没有——我们家乡没有"菜肉馄饨"。一般是凉拌。荠菜焯熟剁碎，界首茶干切细丁，入虾米，同拌。这道菜是可以上酒席作凉菜的。酒席上的凉拌荠菜都用手团成一座尖塔，临吃推倒。

马齿苋现在很少有人吃。古代这是相当重要的菜蔬。苋分人苋、马苋。人苋即今苋菜，马苋即马齿苋。我的祖母每于夏天摘肥嫩的马齿苋晾干，过年时作馅包包子。她是吃长斋的，这种包子只有她一个人吃。我有时从她的盘子里拿一个，蘸了香油吃，挺香。马齿苋有点淡淡的酸味。

马齿苋开花，花瓣如一小囊。我们有时捉了一个哑巴知了——知了是应该会叫的,捉住一个哑巴,多么扫兴!于是就摘了两个马齿苋的花瓣套住它的眼睛——马齿苋花瓣套知了眼睛正合适,一撒手,这知了就拼命往高处飞,一直飞到看不见!

三年自然灾害,我在张家口沙岭子吃过不少马齿苋。那时候,这是宝物!

胡桃云片

丰子恺

凭窗闲眺,想觅一个随感的题目。

说出来真觉得有些惭愧:今天我对于展开在窗际的"一二八"战争的炮火的痕迹,不能兴起"抗日救国"的愤慨,而独仰望天际散布的秋云,甜蜜地联想到松江的胡桃云片。也想把胡桃云片隐藏在心里,而在嘴上说抗日救国。但虚伪还不如惭愧些吧。

三四年前在松江任课的时候,每星期课毕返上海,黄包车经过望江楼隔壁的茶食店,必然停一停车,买一尺胡桃云片带回去吃。这种茶食是否松江的名物,我没有调查过。我是有一回同一个朋友在望江楼喝茶,想买些点心吃吃,偶然在隔壁的茶食店里发见的。发见以后,我每次携了藤箧坐黄包车出城的时候必定要买。后来成为定规，那店员看见我的车子将停下来，就先向橱窗里拿一尺糕来称分量。我走到柜上，不必说话，只须摸出一块钱来等他找我。他找我的有时两角小洋，有时只几个铜板，视糕的分量轻重而异。每月的糕钱约占了我的薪水的十二分之一。我为什么肯拿薪水的十二分之一来按星期致送这糕店呢？因为这种糕实有使我欢喜之处，且听我说：

云片糕，这个名词高雅得很。云片二字是糕的色彩形状的印象的描写。其白如云，其薄如片，名之曰云片，真是高雅而又适当。假如有一片糕向空中不翼而飞，我们大可用古人"白云一片去悠悠"之句来题赞这景象。但我还以为这名词过于象征了些。因为糕的厚薄固然宜于称片，但就糕的轮廓的形状上看，对于上面的云字似觉不切。这糕的四边是直线，四根直线围成一个长方形。用直线围成的长方形来比拟天际缭绕不定的云，似乎过于象征而有些牵强了。若把云片二字专用于胡桃云片上，那么我就另有一种更有趣味的看法。

胡桃云片，本是加有胡桃的云片糕的意思。想象它的制法，大约是把一块一块的胡桃肉装入米粉里，做成一段长方柱形，然后用刀切成薄薄的片。这样一来，每一片糕上都有胡桃肉的各种各样的切断面的形状。胡桃肉的形体本是非常复杂，现在装入糕中而切成片子，就因了它的位置、方向，及各部形体的不同，而在糕片上显出变化多样的形象来。试切下几片糕来，不要立刻塞进口里，先来当作小小的画片观赏一下。有许多极自然的曲线，描出变化多样的形象，疏疏密密地排列在这些小小的画片上。倘就各个形象看：有的像果物，有的像人形，有的像鸟兽，还有许多像台湾。就全体看：有时像蠹鱼钻过的古书，有时像别的世界的地图，有时像古代的象形文字，然而大都疏密无定，颇像现在窗外的散布着秋云的天空。古人诗云："人似秋云散处多。"秋天的云，大都是一朵一朵地分散而疏密无定的。这颇像胡桃云片上的模样。故我每吃胡桃云片便想起秋天，每逢秋天便想吃胡桃云片。根据了这看法而称这种糕曰"胡桃云片"，岂不更为雅致适切而更有趣味吗？

松江人似乎曾在胡桃云片上发现了这种画意的。他们所制的糕，不像别处的产物似的仅在云片中嵌入胡桃肉，他们在糕的四周用红色的线条作一黄金律的缘，而把胡桃的断面装点在这缘线内。这宛如在一幅中国画上加了装裱，或是在一幅西洋画上加了镜框，画的意趣更加焕发了。这些胡桃肉受了缘的隔离，已与实际的世间绝缘，不复是可食的胡桃肉，而成为独立的美的形体了。

因这缘故，松江的胡桃云片使我特别欢喜。辞了松江的教职以后，我不能常得这种胡桃糕，但时时要想念它——例如今天凭窗闲眺而望天际散布的秋云的时候。读者也许要笑："你在想吃松江胡桃糕，何必絮絮叨叨地说出这一大篇！"不，不，我要吃糕很容易：到江湾街上去买两百文胡桃肉，七个铜板云片糕，拿回家来用糕包裹胡桃肉，闭了眼睛塞进嘴里，嚼起来味道和松江胡桃云片完全一样。我的想念松江胡桃云片，是为了想看。至少，半是为了想看，半是为了想吃。若要说吃，我吃这种糕是并用了眼睛和嘴巴而吃的。

我们中国的市上，仅用嘴巴吃的东西太多了。因此使我拿薪水的十二分之一来按星期致送松江的糕店，又使我在江湾的窗际遥遥地想念松江的胡桃云片。我希望我国到处的市上，并用眼睛和嘴巴来吃的东西渐渐多起来。不但嘴吃的东西，身体各部所用的东西，也都要教眼睛参加进去才好。我又希望我国到处的市上，并用眼睛和身体来用的东西也渐渐多起来。

民国二十一年十一月一日

烙馍

陈晓卿

伊朗西部，克尔曼沙阿，当地农民在自家院里燃起灶火，把面团做成薄饼，放到一个圆形黑色的铁器上，很快，面饼表面鼓起了气泡……这是纪录片《风味人间》里的一个场景，旁白说着："生面团的出现，使人类的饮食前进了一大步。"

和伊朗人类似，把面粉与水混合，擀压成薄饼，两面烤熟，这种主食在中国北方也很常见，山东叫单饼，在我老家，它叫烙馍，淮北人发音为"裸模"——可见招人喜欢的程度。开玩笑。

我小的时候，无论城乡，大多数人家都会制作烙馍。做烙馍需要的炊具叫鏊子，它和两河流域我们见到的有些相像，中间略高，只是没有影片中的把手，还有三条腿，生铁制成，携带非常方便。三块砖或石头，上置鏊子，下面生火，续上稻草，旁边支起案板，就可以做饭了。

一把竹尺，放在擀好的面饼中间，抬起饼的一端，像晾衣服一样，用竹尺将饼移到黑黑的鏊子上，鏊子不放半点油，很快，面饼开始胀起，翻面，等再次胀起时，用竹尺戳进饼和鏊子之间，手腕轻轻向右上方顺时针用力，让饼微微旋转，这样受热更加均匀，前后不到两分钟，一张烙馍就做好了。再次挑起，放进旁边高粱芯子编成的簸箕里，刚烙的饼可以直接吃，甜香柔软，放在簸箕里，上面盖上纱布，湿度也可以保存一段时间。

我第一次做烙馍，是小学二年级，学校组织"学农"。新收的麦子，新打的白面，老乡用来做烙馍。我学着大人的样子上手，努力的让面饼旋转起来，却失败了。原来，要先用竹尺，把鼓起来的气泡一点点按压下去，再转，就会均匀一些。这也是制作工艺里，唯一称得上有技术含量的地方。总之我很快学会了，新麦烙的饼也非常甜。许多年后，每次团队拍摄麦收，我都会不厌其烦跟导演讲这段经历，"别提多甜了"——其实，在麦地里干了一天体力活，估计吃什么都觉得香甜吧。

烙馍在我老家分两种：一种是刚才说的常规的，用火；另一种叫水烙馍（山东称水单饼），用水。水烙馍说白了，就是更大的北方春饼，做起来快。烧滚水，架笼屉，案板上一边擀面，一边揭盖往锅里放，因为蒸汽，饼和饼之间并不粘连。待放到最后一张，加盖，差不多五分钟，整锅的水烙馍都熟了。

水烙馍更韧,有嚼头,且没有烟火气,味道更单纯。我吃过最好吃的水烙馍,是在我父亲的出生地符离集,那是一个以烧鸡著称的小镇。这里有一种鸡油烙馍,把做好的水烙馍摊开,趁柔软打上两颗鸡蛋,然后叠起四下,然后放在平底锅里用鸡油小火慢煎,很快,鸡蛋、面饼都被裹上了鸡油的迷人气味,入口特别酥软。我每年回家祭扫都要吃。

不管烙馍还是水烙馍,可以直接吃,但很少单独吃,尤其放到餐桌上,要有与之搭配的菜。从前,家境好的,会配上土豆丝和豆芽;一般的,则直接抹上盐豆子(豆酱)卷起吃。如果要是用鸡蛋蒜米抹在上面,那基本上是用来待客了。

几只鸡蛋煮熟去壳,杵碎装盘。一颗蒜头去皮后,把蒜瓣放在石臼中舂,碎成糜状后,扤出来置于碎鸡蛋上面,加一点点盐和酱油,和几滴芝麻香油,拌匀,这就成了黄淮海地区一道百搭的小菜。

土鸡蛋有天然的鲜味儿,蒜米(老家发音为蒜糜,意指细到极致)的香味,源自细胞核中的蒜氨酸,与细胞壁中酶的充分混合,不停舂捣能得到较多的蒜辣素,既增加杀菌作用,也增加了蒜的风味。和鸡蛋拌在一起的时候,蒜辣素抑制住了鸡蛋中略显混沌的腥味儿,同时也像响亮的开路者,让口腔充分打开,味蕾能够充分体会到鸡蛋的香。如果说烙馍是整个中原"饭菜合一"的基础样式,鸡蛋蒜米则是淮海地区的伟大发明。最早发现这个搭配的人，在味觉上有大智慧。

其实，薄饼配菜，可能是全世界"粉食"地区的共同选择。中国北方的春饼卷烤鸭，卷豆芽。闽南人大街小巷都卖润饼，纸一样薄，也是卷菜来吃。贵州人吃丝娃娃，不仅放菜，还要浇汁儿。山东的煎饼甚至可以裹一切（天津也有大饼卷一切的说法，还被唱成rap）。台州人做卷饼则要配上主食、副食等十几样，他们叫食饼筒。越南人用面粉米粉做皮，裹起百样食物，不管炸或者不炸，都叫作春卷。我曾经在巴黎十三区吃过用米皮卷起肉菜海鲜，高棉人做的，有胳膊粗细，紧绷绷煞是好看，名曰牛冻春。

薄饼的每一种搭配，不仅代表不同的地域风情，也能看出食物在迁徙、流转过程中的不断变化。不同的搭配，食物的多寡，调料的风格，都体现出了每一个地方人对食物，对生活，甚至对这个世界的理解。从这个意义上说，地球是相通的，没有一个地方是孤岛。就像鸡蛋蒜米卷烙馍，在我老家，各家各户鸡蛋的软硬火候、蒜米的颗粒度都不一样。但只要抹在烙馍上卷起，立刻都成了促进食欲的最好伴侣。只要用心体会，简单的食物搭配里，你可以读解出这块土地非常多的信息。

鸡蛋蒜米做起来简单，但必须现做现吃。有次在北京，一家山东单县的餐厅有这道菜。点来上桌后却大呼上当，原来它是早饭时提前做好的，大蒜和空气接触后迅速氧化，生成了一种特别不友好的气味,非常扫兴。

即便现做,这道菜如今也越来越不容易见到——那是因为生蒜的特殊气味,让日渐"文明"的食客心有余悸。即便在我老家,变化也在悄然发生。这种几千年前从西亚传来的物种做成的食物,曾经给我祖辈带来过温饱和安全感,但现在,它或许正在走入历史。

首先烙馍已经从家庭制作,几乎完全变成了由专业作坊提供,再也看不到从前烟火燎眼的景象。其次与烙馍搭配,也不再只有蒜米鸡蛋,而是有了更多选择:小香葱、甜面酱、萝卜酱豆……还有一些简单制作的小菜,诸如酱肉炒银芽什么的。

尤其不可缺少的是金丝小馓,这是一种非常纤细的油馓子,炸得金黄,放在烙馍里,像脚手架。最后,再在脚手架的缝隙里,撒上两勺芝麻盐(芝麻炒熟后碾碎的粉末),极香。

把一切包裹好,一口下去,不能说话,否则芝麻盐要喷射出来……闭上眼仔细品味,口感之多元,味道之丰富,仿佛久远的历史,也像我们复杂的人生。

饺子帖

肖复兴

一

又要过年了。又想起饺子。饺子,是过年的标配,是过年的主角,是过年的定海神针。不吃饺子,不算是过年。

五十三年前,我在北大荒,第一次在异乡过年,很想家。刚到那里不久,怎么能请下假来回北京?那时候,我在北大荒,弟弟在青海,姐姐在内蒙古,家里只剩下父母这两个孤苦伶仃的老人。天远地远,心里不得劲儿,又万般无奈。

没有想到,就在这一年年三十的黄昏,我的三个中学同学,一个拿着面粉,一个拿着肉馅,一个拿着韭菜(要知道,那时候粮食定量，买肉要肉票，春节前的韭菜金贵得很呀），来到我家。他们和我的父母一起，包了一顿饺子。

面飞花，馅喷香，盖帘上码好的一圈圈饺子，围成一个漂亮的花环；下进滚沸的锅里，像一条条游动的小银鱼；蒸腾的热气，把我家小屋托浮起来，幻化成一幅别样的年画一般，定格在那个难忘的岁月里。

这大概是父亲和母亲一辈子过年吃的一顿最滋味别具的饺子了。

二

那一年的年三十，一场纷飞的大雪，把我困在北大荒的建三江。当时，我被抽调到兵团的六师师部宣传队，本想年三十下午赶回我所在的大兴岛二连，不耽误吃晚上的饺子就行。没有想到，大雪封门，刮起了漫天大烟泡，汽车的水箱都冻成冰坨了。

师部的食堂关了张，大师傅们早早回家过年了，连商店和小卖部都已经关门，别说年夜饭没有了，就是想买个罐头都不行，只好饿肚子了。

大烟泡从年三十刮到年初一早晨，我一宿没有睡好觉，早早就冻醒了，偎在被窝里不肯起来，睁着眼或闭着眼，胡思乱想。

大约九十点钟，我忽然听到咚咚的敲门声，然后是大声呼叫我名字的声音。由于大烟泡刮得很凶,那声音被撕成了碎片,断断续续,像是在梦中,不那么真实。我非常奇怪,会是谁呢?这大雪天的!

满怀狐疑,我披上棉大衣,跑到门口,掀开厚厚的棉门帘,打开了门。吓了我一跳,站在门口的人,浑身厚厚的雪,简直就是个雪人。我根本没有认出他来,等他走进屋来,摘下大狗皮帽子,抖落下一身的雪,才看清,是我们大兴岛二连的木匠赵温。天呀,他是怎么来的?这么冷的天,这么大的雪,莫非他是从天而降不成?

我肯定是瞪大了一双惊奇的眼睛,瞪得他笑了,对我说:"赶紧拿个盆来!"我这才发现,他带来了一个大饭盒,打开一看,是饺子,个个冻成了邦邦硬的坨坨。他笑着说道:"过七星河的时候,雪滑,跌了一跤,饺子撒了,捡了半天,饺子还是少了好多,都掉进雪坑里了。凑合着吃吧!"

我立刻愣在那儿,望着一堆饺子,半天没说出话来。我知道,他是见我年三十没有回队,专门给我送饺子来的。如果是平时,这也许算不上什么,可这是什么天气呀!他得多早就要起身,没有车,三十里的路,他得一步步地跋涉在没膝深的雪窝里,走过冰滑雪深的七星河呀。

我永远记得,那一天,我和赵温用那个盆底有朵大大的牡丹花的洗脸盆煮的饺子。饺子煮熟了,漂在滚沸的水面上,被盛开的牡丹花托起。

忘不了，是酸菜馅的饺子。

三

齐如山先生当年说，他曾经吃过一百多种馅的饺子。我没吃过那么多种馅的饺子。我也不知道，全国各地的饺子馅，到底有多少种。不过，我觉得馅对于饺子并不重要。饺子过年，其中的馅，可以丰俭由人，从未有过高低贵贱之分。过去，皇上过年吃饺子，底下人必要在馅中包上一枚金钱，而且，金钱上必要镌刻上"天子万年""万寿无疆"之类过年的吉祥话，讨皇上欢喜。穷人过年，怎么也得吃上一顿饺子，哪怕是野菜馅的呢。

曾听叶派小生毕高修先生告诉我这样一桩往事：他和京剧名宿侯喜瑞先生同在落难之中，结为忘年交。大年初一，客居北京城南，四壁徒空，凄风冷灶，两人只好床上棉被相拥，惨淡谈笑过残年。忽然，看到墙角里有几根冻僵了的胡萝卜，两人忙下地，拾起胡萝卜，剁巴剁巴，好歹包了顿冻胡萝卜馅的饺子，也得过年啊。

馅，可以让饺子分成价值的高低，但作为饺子这一整体形象，却是过年时不分贵贱的最为民主化的象征。

四

很多年前,我写过一篇散文《花边饺》,后来被选入小学生的语文课本。写的是小时候过年,母亲总要包荤素这两种馅的饺子。她把肉馅的饺子都捏上花边,让我和弟弟觉得好看,连吃带玩地吞进肚里,自己和父亲则吃素馅的饺子。那是艰苦岁月的往事。

长大以后,总会想起母亲包的花边饺。大年初二,是母亲的生日。那一年,我包了一个糖馅的饺子,放进盖帘一圈圈饺子之中,然后对母亲说:"今儿您要吃着这个糖馅的饺子,您一准儿是大吉大利!"

母亲连连摇头笑着说:"这么一大堆饺子,我哪儿那么巧能有福气吃到?"说着,她亲自把饺子下进锅里。饺子像活了的小精灵,在滚动的水花中上下翻腾。望着母亲昏花的老眼,我看出来,她是想吃到那个糖饺子呢!

热腾腾的饺子盛上盘,端上桌,我往母亲的碟中先拨上三个饺子。第二个饺子,母亲就咬着了糖馅,惊喜地叫了起来:"哟!我真的吃到了!"我说:"要不怎么说您有福气呢?"母亲的眼睛笑得眯成了一条缝。

其实,母亲的眼睛,实在是太昏花了。她不知道我耍了一个小小的花招，用糖馅包了一个有记号的花边饺。

第二年的夏天，母亲去世了。

五

在北大荒，有个朋友叫再生，人长得膀大腰圆，干起活来，是二齿钩挠痒痒——一把硬手。回北京待业那阵子，他一身武功无处可施，常到我家来聊天，一聊到半夜，打发寂寞时光。

那时候，生活拮据，招待他最好的饭食，就是饺子。一听说包饺子，他就来了情绪，说他包饺子最拿手。在北大荒，没有擀面杖，他用啤酒瓶子，都能把皮擀得又圆又薄。

在我家包饺子，我最省心，和面、拌馅、擀皮，都是他一个人招呼，我只是搭把手，帮助包几个，意思意思。

他一边擀皮，一边唱歌，每一次唱的歌都一样：《嘎达梅林》。不知道为什么，他对这首歌情有独钟。一边唱，他还要不时腾出一只手，伸出来，随着歌声，娇柔地做个兰花指状，这与他粗犷的腰身反差极大，和《嘎达梅林》这首英雄气魄的歌反差也极大。

每次来我家包饺子的时候，他都会问我："今儿包什么馅的呀？"

我都开玩笑地对他说："包'嘎达梅林'馅的！"

他听了哈哈大笑，冲我说："拿我打镲！"

擀皮的时候，他照样不忘唱他的《嘎达梅林》，照样不忘伸出他的兰花指。

四十多年过去了。如今，再生的日子过得很滋润，儿子北大西语系毕业，很有出息，特别孝顺，还能挣钱，每月光给他零花钱，出手就是五千，让他别舍不得，可劲儿地花，对自己得好点。他很少来我家了，见面总要请我到饭店吃饭，再也吃不到他包的"嘎达梅林"馅的饺子了。

六

孩子在美国读博，毕业后又在那里工作，前些年我常去美国探亲，一连几个春节，都是在那里过的。过年的饺子，更显得是必不可少，增添了更多的乡愁。余光中说：乡愁是一枚邮票。在过年的那一刻，乡愁就是一顿饺子，比邮票更看得见，摸得着，还吃得进暖暖的心里。

那是一个叫作布鲁明顿的大学城，很小的一个地方，全城只有六万多人口，一半是大学里的学生和老师。全城只有一个中国超市，也只有在那里可以买到五花肉、大白菜和韭菜，这是包饺子必备的老三样。为备好这老三样，提早好多天，我便和孩子一起来到超市。

超市的老板是山东人，老板娘是台湾人，因为常去那里买东西，彼此已经熟悉。老板见我进门先直奔大白菜和韭菜而去，笑吟吟地对我说："过年包饺子吧？"我说："对呀！您的大白菜和韭菜得多备些啊！"他依旧笑吟吟地说："放心吧，备着呢！"

　　那一天，小小的超市里挤满了人，大多是中国人，来买五花肉、大白菜和韭菜的。尽管大家素不相识，但望着各自小推车中的这老三样，彼此心照不宣，他乡遇故知一般，都像老板一样会心地笑着。

二〇二二年春节前于北京

说扬州

朱自清

在第十期上看到曹聚仁先生的《闲话扬州》，比那本出名的书有味多了。不过那本书将扬州说得太坏，曹先生又未免说得太好；也不是说得太好，他没有去过那里，所说的只是从诗赋中，历史上得来的印象。这些自然也是扬州的一面，不过已然过去，现在的扬州却不能再给我们那种美梦。

自己从七岁到扬州，一住十三年，才出来念书。家里是客籍，父亲又是在外省当差事的时候多，所以与当地贤豪长者并无来往。他们的雅事，如访胜，吟诗，赌酒，书画名家，烹调佳味，我那时全没有份，也全不在行。因此虽住了那么多年，并不能做扬州通，是很遗憾的。记得的只是光复的时候，父亲正病着，让一个高等流氓凭了军政府的名字，敲了一竹杠；还有，在中学的几年里，眼见所谓"甩子团"横行无忌。"甩子"是扬州方言，有时候指那些"怯"的人，有时候指那些满不在乎的人。"甩子团"不用说是后一类；他们多数是绅宦家子弟，仗着家里或者"帮"里的势力，在各公共场所闹标劲，如看戏不买票，起哄等等，也有包揽词讼，调戏妇女的。更可怪的，大乡绅的仆人可以指挥警察区区长，可以大模大样招摇过市——这都是民国五六年的事，并非前清君主专制时代。自己当时血气方刚，看了一肚子气；可是人微言轻，也只好让那口气憋着罢了。

从前扬州是个大地方，如曹先生那文所说；现在盐务不行了，简直就算个没"落儿"的小城。

可是一般人还忘其所以地耍气派，自以为美，几乎不知天多高地多厚。这真是所谓"夜郎自大"了。扬州人有"扬虚子"的名字；这个"虚子"有两种意思，一是大惊小怪，二是以少报多，总而言之，不离乎虚张声势的毛病。他们还有个"扬盘"的名字，譬如东西买贵了，人家可以笑话你是"扬盘"；又如店家价钱要的太贵，你可以诘问他，"把我当扬盘看么？"盘是捧出来给别人看的，正好形容耍气派的扬州人。又有所谓"商派"，讥笑那些仿效盐商的奢侈生活的人，那更是气派中之气派了。但是这里只就一般情形说，刻苦诚笃的君子自然也有；我所敬爱的朋友中，便不缺乏扬州人。

提起扬州这地名，许多人想到的是出女人的地方。但是我长到那么大,从来不曾在街上见过一个出色的女人,也许那时女人还少出街吧?不过从前人所谓"出女人",实在指姨太太与妓女而言;那个"出"字就和出羊毛,出苹果的"出"字一样。《陶庵梦忆》里有"扬州瘦马"一节,就记的这类事;但是我毫无所知。不过纳妾与狎妓的风气渐渐衰了,"出女人"那句话怕迟早会失掉意义的吧。

另有许多人想,扬州是吃得好的地方。这个保你没错儿。北平寻常提到江苏菜,总想着是甜甜的腻腻的。现在有了淮扬菜,才知道江苏菜也有不甜的;但还以为油重,和山东菜的清淡不同。其实真正油重的是镇江菜,上桌子常教你腻得无可奈何。扬州菜若是让盐商家的厨子做起来,虽不到山东菜的清淡,却也滋润,利落,决不腻嘴腻舌。不但味道鲜美,颜色也清丽悦目。扬州又以面馆著名。好在汤味醇美,是所谓白汤,由种种出汤的东西如鸡鸭鱼肉等熬成,好在它的厚,和啖熊掌一般。也有清汤,就是一味鸡汤,倒并不出奇。内行的人吃面要"大煮";普通将面挑在碗里,浇上汤,"大煮"是将面在汤里煮一会,更能入味些。

扬州最著名的是茶馆;早上去下午去都是满满的。吃的花样最多。坐定了沏上茶,便有卖零碎的来兜揽,手臂上挽着一个黯淡的柳条筐,筐子里摆满了一些小蒲包分放着瓜子花生炒盐豆之类。又有炒白果的,在担子上铁锅爆着白果,一片铲子的声音。

得先告诉他，才给你炒。炒得壳子爆了，露出黄亮的仁儿，铲在铁丝罩里送过来，又热又香。还有卖五香牛肉的，让他抓一些，摊在干荷叶上；叫茶房拿点好麻酱油来，拌上慢慢地吃，也可向卖零碎的买些白酒——扬州普通都喝白酒——喝着。这才叫茶房烫干丝。北平现在吃干丝，都是所谓煮干丝；那是很浓的，当菜很好，当点心却未必合式。烫干丝先将一大块方的白豆腐干飞快地切成薄片，再切为细丝，放在小碗里，用开水一浇，干丝便熟了；逼去了水，抟成圆锥似的，再倒上麻酱油，搁一撮虾米和干笋丝在尖儿，就成。说时迟，那时快，刚瞧着在切豆腐干，一眨眼已端来了。烫干丝就是清得好，不妨碍你吃别的。接着该要小笼点心。北平淮扬馆子出卖的汤包，诚哉是好，在扬州却少见；那实在是淮阴的名字，扬州不该掠美。扬州的小笼点心，肉馅儿的，蟹肉馅儿的，笋肉馅儿的且不用说，最可口的是菜包子菜烧卖，还有干菜包子。菜选那最嫩的，剁成泥，加一点儿糖一点儿油，蒸得白生生的，热腾腾的，到口轻松地化去，留下一丝儿余味。干菜也是切碎，也是加一点儿糖和油，燥湿恰到好处；细细地咬嚼，可以嚼出一点橄榄般的回味来。这么着每样吃点儿也并不太多。要是有饭局，还尽可以从容地去。但是要老资格的茶客才能这样有分寸；偶尔上一回茶馆的本地人外地人，却总忍不住狼吞虎咽，到了儿捧着肚子走出。

扬州游览以水为主，以船为主，已另有文记过，此处从略。

城里城外古迹很多，如"文选楼""天保城""雷塘""二十四桥"等，却很少人留意；大家常去的只是史可法的"梅花岭"罢了。倘若有相当的假期，邀上两三个人去寻幽访古倒有意思；自然，得带点花生米，五香牛肉，白酒。

1934年10月14日作

北京的茶食

周作人

在东安市场的旧书摊上买到一本日本文章家五十岚力的《我的书翰》，中间说起东京的茶食店的点心都不好吃了，只有几家如上野山下的空也，还做得好点心，吃起来馅和糖及果实浑然融合，在舌头上分不出各自的味来。想起德川时代江户的二百五十年的繁华，当然有这一种享乐的流风余韵留传到今日，虽然比起京都来自然有点不及。北京建都已有五百余年之久，论理于衣食住方面应有多少精微的造就，但实际似乎并不如此，即以茶食而论，就不曾知道什么特殊的有滋味的东西。固然我们对于北京情形不甚熟悉，只是随便撞进一家饽饽铺里去买一点来吃，但是就撞过的经验来说，总没有很好吃的点心买到过。难道北京竟是没有好的茶食，还是有而我们不知道呢？这也未必全是为贪口腹之欲,总觉得住在古老的京城里吃不到包含历史的精炼的或颓废的点心是一个很大的缺陷。北京的朋友们,能够告诉我两三家做得上好点心的饽饽铺么?

我对于二十世纪的中国货色,有点不大喜欢,粗恶的模仿品,美其名曰国货,要卖得比外国货更贵些。新房子里卖的东西,便不免都有点怀疑,虽然这样说好像遗老的口吻,但总之关于风流享乐的事我是颇迷信传统的。我在西四牌楼以南走过,望着异馥斋的丈许高的独木招牌,不禁神往,因为这不但表示它是义和团以前的老店,那模糊阴暗的字迹又引起我一种焚香静坐的安闲而丰腴的生活的幻想。我不曾焚过什么香,却对于这件事很有趣味,然而终于不敢进香店去,因为怕他们在香盒上已放着花露水与日兴皂了。我们于日用必需的东西以外,必须还有一点无用的游戏与享乐,生活才觉得有意思。我们看夕阳,看秋河,看花,听雨,闻香,喝不求解渴的酒,吃不求饱的点心,都是生活上必要的——虽然是无用的装点,而且是愈精炼愈好。可怜现在的中国生活,却是极端的干燥粗鄙,别的不说,我在北京彷徨了十年,终未曾吃到好点心。

十三年二月

辑四

勇敢的人先享受世界

那几年我常坐在路边饭馆喝茶,
道路坑坑洼洼,
汽车远去后,扬起的尘土缓缓落下来,
像岁月一样,落在身上头上,
我不管不顾地坐着。

远路上的新疆饭

刘亮程

一

有一年,我们开车去阿勒泰,从天山脚下的乌鲁木齐出发,穿过茫茫准噶尔盆地,往天边隐约的阿尔泰山行进。原打算在黄沙梁吃午饭,那里的路边有几家卖拌面和大盘鸡的野店。所谓野店,就是前后不着村,饭馆的矮房子淹没在路边野草中,四周是沙梁起伏的荒漠。那时这条穿越荒野的道路旁人烟少,饭馆更少,南来北往的人,行到这里早都饿了,都会停车吃饭。我们却没饿,行车到半中午时,见路边一片瓜地,便沿便道开车到瓜地边,想买个西瓜解渴,一地西瓜明晃晃熟在地里,却找不到看瓜人，没办法买，只好自己摘了吃，吃饱了在瓜皮下压了一块钱，算是付费。这顿西瓜把我们的午饭耽搁了，到黄沙梁的野店时，都饱着，就说再往前赶，结果一直赶到了黄昏，车里人饥肠辘辘，这时候的大漠落日，就像挂在天边永远吃不到嘴的圆馕。司机说，这段路上再不会有饭馆，也不会有西瓜地。我们穿过沙漠腹地已经到了更加干旱荒凉的阿尔泰山前戈壁。

这时，荒无人烟的路边突然冒出一间矮土房子，土墙上歪歪扭扭写着"沙湾大盘鸡"。赶紧刹车拐进去，车停在院子。所谓院子，就是土屋前一小片修整平坦的戈壁，和屋旁辽阔起伏的戈壁滩连在一起。店里只一张桌子，七八个板凳。女店主的表情也跟戈壁滩一样漠然，不冷不热地说一句"你来了"，那语气像似认得你。你似乎也觉得认识她，只是记不起来。她提着大茶壶，给每人倒一碗茶，那茶仿佛泡了一天，跟外面的黄昏一般浓酽。

忐忑地要了一个大盘鸡，问多久炒好。说快得很，一阵阵。果然喝几碗茶工夫，做好的大盘鸡端上来了，那盘子占了大半个桌子，鸡块、土豆块、辣子满满堆了一大盘。四双筷子齐刷刷伸过去，没人说一句话，嘴全忙着啃鸡，忙着吃里面的皮带面。太阳什么时候落山的都不知道，小店里渐渐暗下来时，我们才从贪吃中抬起头来，彼此看看，谁学着女店主的腔冷冷地说了句"你来了"，大家都笑起来。

我全忘了坐在一桌的人是谁，我们因什么事踏上了去阿勒泰的这趟旅行，只记得吃着大盘鸡的瞬间，我侧脸看着窗外荒天野地里的彤红晚霞，地平线清晰地勾勒出大地的边沿，那是我在千里之外的小县城，时常看见的天边，我们开车跑了一整天，她还是那么远。仿佛比我在别处看见的更远。那一刻，一顿荒远的晚饭，就这样长久地留在了回味里。

多年后再走那条路，有意把时间磨到黄昏，想再坐在那小店的窗口，吃着大盘鸡看荒野落日。想再听那恍惚的一句"你来了"，沿路经过一个又一个路边饭店，一直把天走黑，那土房子再找不见。

二

大盘鸡是我家乡沙湾发明的一道大菜，说是菜，其实也是饭。新疆饮食大多饭菜不分，拌面、抓饭、手抓肉都是饭里有菜，菜饭合一。大盘鸡也一样，主菜鸡，配料辣子、洋芋、葱姜蒜，外加特制皮带面，搅拌在一起，结实耐饿，适合在路途中吃，也方便在偏远路边店炒制，剁一只鸡，配一把辣皮子，一只铁锅便能炒制出来。

大盘鸡发明那些年，我在沙湾城郊乡农机站当管理员，常被拖拉机驾驶员拽去吃大盘鸡，那些跑远路的司机，吃遍天山南北，还是觉得大盘鸡好吃。好在哪，可能就是盘子大，可以放开吃。不像那些小碟子小碗的吃法，都不好意思下筷子。那时大小酒桌上的主菜都是大盘鸡。一大盘子鸡肉摆在面前，红辣皮子青辣椒，白葱绿芹黄土豆，满满当当堆一盘，能让人胃口大开，平添大吃大喝的豪气来。

沙湾大盘鸡在上世纪九十年代沿公路传到全疆各地。

到现在，好吃的大盘鸡都在路上。后来大盘鸡传到城郊僻街陋巷，生意依旧红火。城里人纷纷开车来吃，城郊乱糟糟的环境能和大盘鸡相匹配。再后来大盘鸡进了城，乌鲁木齐繁华区开过许多大盘鸡店，没多久都倒闭了。不是城市厨师手艺不好，大盘鸡本是一道乡间野路子大菜，在乡村饭馆和路边的简陋餐桌上，它一盘独大，其他菜都围着它转。到了城里的大餐桌上，七碟子八碗，大盘鸡失去了霸主位置，自然就寡味了。

有几年我们在和丰做工程，常走呼克公路，早晨从乌鲁木齐出发，到黄沙梁那一片刚好中午，在路边沙包下的饭馆吃大盘鸡。那几家店我们轮换着吃过，味道都差不多，好不到哪里，只是那个环境，太适合吃大盘鸡了，屋外摆着永远擦不干净也支不稳当的圆桌，除了路，四周是沙漠荒野。有时刮起风，空气中呼呼啦啦地响，一阵沙尘草叶扬过来，大盘里的鸡肉也随之味道丰富起来。

我有一个亲戚，就在黄沙梁北边的沙漠里，开荒种了几千亩地，说了几次让我去他的农场玩。一次我路过黄沙梁，突然想去看看这个当地主的亲戚，打手机接不通，没信号，便驱车往沙漠里开，在岔路纵横的荒漠中凭感觉行驶了三个小时，最终盯着远远的一缕炊烟来到亲戚家的农场。那缕冒着炊烟的矮房子，坐落在一眼望不到边的棉花地边，女主人正在做午饭，见我来了，赶紧让小儿子骑摩托车去喊他父亲。

不一会儿，带着一身农药味的男主人回来了，说在开机子打农药。我说，耽误你干活了。亲戚说，让虫子多活半天吧，没事。说着扭头吩咐女人剁鸡，只听房后一阵鸡叫和扑腾声。又过了一阵子，一大盘鸡便做好端上来。男主人从床底下摸出两瓶沙湾苦瓜酒，我们边吃边喝边聊着棉花收成的事，五个男人，一会儿就把一瓶子酒喝光，第二瓶喝到一半时，主人喊小儿子去买酒，我说喝好了，还要赶路呢。小儿子不听我的，一脚油门，摩托车扬尘远去。

那半瓶酒喝完时，太阳已经西斜到棉花地里。主人看着空了的瓶子，不好意思地说酒很快买来了。我说不能再喝了，还要赶路。男主人说，你来了就不要想走。我说真的有事要走。主人说，你要再说走，我就开挖机去把路挖断。

天色黄昏时，听见摩托车声，小儿子抱来一箱子苦瓜酒。我问去哪买的酒，说公路边的小商店，来回一百多公里。我们等了三四个小时，先前喝上头的酒劲都过去了，主人又吩咐剁鸡炒菜重新喝。我看天色已晚，哪都去不了了，只好任凭主人安排。

第二轮酒是在月亮底下喝开的，酒桌摆在沙地上，白天的闷热过去了，凉风从西边徐徐吹来，月光下轮廓清晰的沙丘像在晃动，月亮也在天上晃动。不知何时，同来的三个人早已躺在沙地上睡着了，司机也在敞开的车门里呼呼大睡，剩下我和亲戚举杯对饮。

荒漠之中，明月之下，两个喝高了的人，嗓音高低不平地说着明早肯定会忘记的涛涛大话，那话随月亮升高，又随沙丘起伏向远。

我就在那时听见屋后面的鸡叫，先是一只，接着三只五只，远远地，沙漠那边的鸡叫也传过来。我看着盘子里剩了一大半的鸡肉，突然嗓子发痒，我从自己一个接一个的打嗝声里，也听见了鸡叫。

三

在新疆，最方便在野外吃的还有手抓羊肉，一锅水，一只羊，煮熟了吃，做起来比大盘鸡还简单。

一次我们到伊犁军马场去游玩，中午约在山谷里一户哈萨克牧民毡房吃煮羊肉。到了毡房，牧民说羊去后山吃草了，主人骑马去驮羊，结果一去半天。到太阳西斜，羊驮来了。招待我们的人说，羊远得很，山路也不好走。我们看着主人宰羊、剥皮，肉放进石头支起的大铁锅里，松树枝在炉膛慢慢烧着，我们耐心地等。

跟我们一起等待的还有盘旋天空的一群老鹰，鹰早在牧民马背驮羊下山时就盯上了，一直追踪到毡房前，看着羊宰了，煮进锅里，它们等着吃骨头。几只牧羊犬也等着吃骨头。还有远近草原上的牧民，他们看着天空盘旋的老鹰，就知道鹰翅膀下面的毡房煮羊肉了，一匹匹的马儿，驮着主人朝着这边溜达过来。

羊肉煮熟端上来时天已经黑了，堆成小山的一盘肉里，仿佛已经煮入了牧民上山驮羊的时间、羊在山上吃草的时间、鹰在天空盘旋的时间，以及我们饥饿等待的时间。

那一餐，我们一直吃到半夜，肉吃了一块又一块，每人面前都堆了一堆羊骨头。酒也喝掉一瓶又一瓶，都没有醉的意思。仿佛我们等了大半天的饥饿，要用大半夜才能吃喝回来。

四

我的朋友刘湘晨说过他最难忘的一顿饭。

那年他在塔什库尔干拍纪录片，要下山买摄像机电池，站在村口等车，等到快中午，路上连个车影子都没有。就在这时，山坡上说说笑笑来了五个姑娘，在路边的平地上支起帐篷，用石头垒起一个炉灶,放上铁锅,便开始架火烧饭。我的朋友不知道姑娘们给谁做饭,也不便过去问,就老老实实坐在路边等。等得快睡着了,过来一个姑娘喊他,让过去吃饭。姑娘说,我们在村里看见你在这里等车,今天不一定会过来车,明天后天也不一定有车过来,我们给你搭了帐篷,做了饭,你住下慢慢等。

我的朋友常年在塔什库尔干拍片子,住在当地的塔吉克族人家,早已领略了塔吉克人的热情好客。但这样的奇遇还是第一次。他感激地吃完姑娘们做的清炖羊肉,正打算在帐篷里住下,远远看见一辆运货的卡车开来。他多么不希望这辆车过来,最好明天后天也不要有车来,他就一直住在路边的帐篷里,每天看着五个姑娘在石头垒的炉灶上给他做饭,晚上躺在帐篷里,望着高原上的星星和月亮,做着美梦,等一辆永远不希望它过来的车。

他可能是塔什库尔干最幸福的路人了。

同样的幸福经历我也遇到过。

那次我们驾车去和布克赛尔蒙古自治县牛石头草原探路,那是一处远离县城的高山湿地夏牧场,没有正规道路,汽车走的都是羊道,羊群踩出的道大坑小坑,要把车颠散架似的。一百多公里的路,走了四个多小时。大中午时,一行人进到一户牧民毡房,男人放羊去了。我们给女主人说,能否给做点吃的,我们付钱。

女主人热情地招呼我们上炕坐下,很麻利地铺上一块白色单子，把烤馕和小油饼放在上面，沏上烧好的奶茶，让我们品尝。然后，女主人架着外面的炉子，开始煮风干牛肉。

我们出去游玩拍照。这里是一片高山湿地牧场，一块块的巨大石头，像卧在草原上的石牛，全头朝西，任由西风吹凿出头、身体和鼻子眼睛。草原上还有两个小湖泊，挨得不远，像两只望向天空的眼睛。我们玩得忘记时间，直到听见女主人站在一块大石头上高喊，声音高高地飘到天上又落在草地的大石头间。

那顿肉我们吃得很仔细，肉被风吹干，再煮熟，还是干硬的，只有小块地咀嚼，肉里有风的悠长干燥，有草从青长到黄的香，有石头的咸，有松枝烧柴的火气。一大盘子牛肉，细嚼慢咽地全吃光了。

临走时问主人需要多少钱。

"不要钱。"蒙古族阿妈说。

同行的朋友掏出五百元钱硬塞给阿妈。阿妈拗不过，就收下了。然后，她俏皮地笑着，一人一张把五百元钱塞给了我们一行五人。

像是塞给她的五个孩子。

五

那年我和一位作家在维吾尔族朋友陪同下，到库车塔里木乡采风。爱说笑话的乡会计开一辆没刹车的破桑塔纳，拉着我们在渠沟纵横的胡杨林里穿行。矮胖敦实的维吾尔族乡书记坐前面，我们同行三人挤在后排。会计用半生不熟的汉语说，你们不要担心我的车没刹车，刹车多得很，胡杨树、沙包、渠沟都是刹车。确实这样，对面过来一辆拖拉机，眼看撞上了，会计一把方向，直接对在路边沙包上，把车刹住了。

晚饭安排在塔里木河边一户农民家，两间房子，孤孤地坐在胡杨林里。我们进屋脱鞋上炕，炕桌上摆着馕和葡萄干，乡书记让我们坐上席，他和会计坐对面。我们喝着奶茶吃着馕，会计打开自己带来的几包油炸大豆和花生米，乡书记从身后摸出一瓶酒，打开自己倒一杯喝了，又倒一杯给我。维吾尔族喝酒是一个杯子轮流转，转一圈，酒瓶子交给我，我先倒一杯自己喝了，再倒一杯给乡书记，就这样一圈圈地转，几包花生米都吃完了，天上星星出来了，我以为就这样一直喝下去了，突然房门打开，主人端着一大盘煮熟的羊肉进来，接着提来水壶，挨个给我们浇水净手。乡书记说，刚宰的羊。书记带我们双手捧起做了祈祷。然后，他从腰上的刀鞘里抽出一把刀子，刃朝自己，刀把递给我。我在盘子中间最大的那块肉上割一块自己吃了，又割一块给乡书记，然后刀子递给会计，他麻利地把肉削成小块递给我们，自己也不时塞一块肉在嘴里。

肉吃好已经是半夜了，我以为该开着没刹车的桑塔纳回乡上睡觉了。可是，乡书记又摸出一瓶酒，说刚才是白喝，没有菜。现在菜来了，正式喝。

这场酒从半夜开始，往深夜里喝。与我同行的作家喝几杯说醉了，一歪身躺炕上睡着了。我们在他的鼾声里一杯杯地喝，他睡一觉突然坐起来，说该走了吧。乡书记见他醒了，拉住硬给他灌一杯酒，他又倒身睡过去。我们就在他睡睡醒醒间，喝了一瓶又一瓶。中间有一阵子，我有点迷糊，喝了几杯又醒过来。醒过来我突然开始说维吾尔语，他们都惊奇地看着我，这个前半夜不会说半句维吾尔语的汉人，后半夜张口就是维吾尔语。我用维吾尔语跟他们说笑，给他们敬酒，他们都能听懂我说什么，我也知道我在说什么。似乎我几十年来听到耳朵里的维吾尔语都被酒激活，涌到了舌头根上。

喝到东方泛白，我出去方便，看见房后胡杨树林下隐隐约约的水光，一大片，我沿林间小路走过去，宽阔的塔里木河出现在眼前。整个一夜，我们就在塔里木河沉静的涛声里喝着酒，却浑然不知。

我从河边回来时，听见了鸡叫。天渐渐亮起来，从水流中能看见亮起来的天色，胡杨树梢上的叶子也有了亮光。我回到屋里，见他们已经横七竖八躺了一炕，全睡着了，打着呼。那个使劲劝我喝酒的乡会计，还说了两句维吾尔语的梦话，听不清。男主人打着哈欠进来，低声对我说了句话，我听不懂，想回一句，嘴张开，说了半夜的维吾尔语竟半句都找不见。我不好意思地对他笑笑，然后，挤到炕角上和他们一起睡着了。

六

好多年前，我和回族画家张永和在老奇台镇采风，中午坐在路边小饭馆门前吃拌面。过来三驾马车，车上堆着空麻袋，显然刚卖了麦子。赶车人把马拴在门口的杨树上，一伙人吵吵嚷嚷在门口的大桌子坐下，我以为他们要大喝一场，粮卖了，人人口袋里装着钱。

可是，他们什么都没要。

其中一个人往里面高喊："老板，来碗面汤，馍馍自带。"

他们从随身布袋里拿出馍馍，每人拿出的都不一样，有白面的、苞谷面的，有花卷，有馒头，摆在桌子上。老板从后堂抱来一摞子大瓷碗，一人跟前摆一个，拿大水勺挨个地加满冒热气的面汤。

"谢谢啦，老板。"其中一个说。

"喝完了再加。"老板说。

他们用面汤泡馍馍很快吃完了，我和永和吃过拌面，喝着面汤看他们赶马车上路。

问老板他们咋喝个面汤就走了。老板说："今年天灾，粮食收的少，农民都舍不得吃拌面，就要一碗面汤对付了。"

"不过，他们收成好的时候会过来好好吃一顿。"老板又说。

面汤是新疆最暖人的汤，不要钱。吃完拌面，最舒服的就是喝碗面汤了，汤里全是面的味道，略咸，喝一口下去，面汤烫烫地穿过刚入胃的拉面，那些香味又被勾回来。

有一个笑话，店小二给老板说，"一食客吃完拌面没付钱走了。"老板问，"喝面汤没？"小二说，"没喝。"老板说，"那就没事。"过了会儿，果然食客急匆匆回来，让老板上碗面汤。

我在沙湾金沟河乡农机站工作那两年，每天中午到乌伊公路边的饭馆吃拌面，一次一位种棉花的农民坐在对面，和我一样要了拌面，菜和面端上来时，他先把一小半菜拌在面里，很快吃完，喊一声"老板，加面"，剩下的菜分一半到新加的面里，吃完再喊一声"老板加面"，待面上来，把其余的菜全拌进去，菜盘子拿面掺干净，呼噜呼噜吃了，又喊一声"老板，面汤"。

我被他的吃法感染，也喊了声"老板，加面"，面加了却没吃完。

听老板说，附近种地的农民，天刚亮下地，中午没工夫回家做饭，就到饭馆结结实实吃一顿拌面，然后干到天黑才回家。那一份拌面，要把上半天耗尽的力气补回来，还要撑到天黑。出那么大劲，加几个面都不够的。

　　路边饭馆的常客多是跑长途的司机，这顿吃了，下顿在千里之外。拌面是最能抗饿的。饭量大的加两三份面，再喝一两碗面汤，弓腰进来，挺着肚子出去。吃拌面的人，吃到加面才是最香的，加面不要钱，最后那碗面汤也不要钱。这是新疆饭的厚道，管吃饱喝好。

　　进到新疆的大小饭馆，主人先倒一碗烫茶，再问你吃啥。茶水也是免费的。一个不产茶的地方，竟然免费给客人喝茶。

　　那几年我常坐在路边饭馆喝茶，道路坑坑洼洼，汽车远去后，扬起的尘土缓缓落下来，像岁月一样，落在身上头上，我不管不顾地坐着。那时我年轻迷茫，看着远去的汽车会莫名伤感，仿佛什么被带走了，让我变得空空荡荡，又满眼惆怅。

　　多少年后我还喜欢在路边的小饭店吃饭，望着往来车辆，想找到年轻时的那份忧伤。我二十多岁时，在尘土飞扬的路边，想望见四十岁五十岁的自己，到底走到了哪里。如今我年近六十岁，知道已走在人生的远路上，此时回头，看见二十岁的自己还在那里，我在他远远的注视里，没有迷路，没有走失。

　　　　　　　　2021年4月2日修订于去上海的飞机上

天目山中笔记

徐志摩

佛于大众中　说我当作佛
闻如是法音　疑悔悉已除
初闻佛所说　心中大惊疑
将非魔作佛　恼乱我心耶

——莲花经譬喻品

山中不定是清静。庙宇在参天的大木中间藏着，早晚间有的是风，松有松声，竹有竹韵，鸣的禽，叫的虫子，阁上的大钟，殿上的木鱼，庙身的左边右边都安着接泉水的粗毛竹管，这就是天然的笙箫，时缓时急地掺和着天空地上种种的鸣籁，静是不静的；但山中的声响，不论是泥土里的蚯蚓叫或是轿夫们深夜里

"唱宝"的异调，自有一种个别处：它来得纯粹，来得清亮，来得透澈，冰水似的沁入你的脾肺；正如你在泉水里洗濯过后觉得清白些，这些山籁，虽则一样是音响，也分明有洗净的功能。

夜间这些清籁摇着你入梦，清早上你也从这些清籁的怀抱中苏醒。

山居是福，山上有楼住更是修得来的。我们的楼窗开处是一片蓊葱的林海；林海外更有云海！日的光，月的光，星的光：全是你的。从这三尺方的窗户你接受自然的变幻；从这三尺方的窗户你散放你情感的变幻。自在；满足。

今早梦回时睁眼见满帐的霞光。鸟雀们在赞美；我也加入一份。它们的是清越的歌唱，我的是潜深一度的沉默。

钟楼中飞下一声洪钟，空山在音波的磅礴中震荡。这一声钟激起了我的思潮。不，潮字太夸；说思流罢。耶教人说阿门，印度教人说"欧姆"（Om），与这钟声的嗡嗡，同是从撮口外摄到阖口内包的一个无限的波动；分明是外扩，却又是内潜；一切在它的周缘，却又在它的中心；同时是皮又是核，是轴亦复是廓。这伟大奥妙的"Om"使人感到动，又感到静；从静中见动，又从动中见静。从安住到飞翔，又从飞翔回复安住；从实在境界超入妙空，又从妙空化生实在：

"闻佛柔软音，深远甚微妙。"

多奇异的力量！多奥妙的启示！包容一切冲突性的现象，扩大刹那间的视域，这单纯的音响，于我是一种智灵的洗净。花开，花落，天外的流星与田畦间的飞萤，上缊云天的青松，下临绝海的巉岩，男女的爱，珠宝的光，火山的熔液：一如婴儿在他的摇篮中安眠。

这山上的钟声是昼夜不间歇的，平均五分钟时一次。打钟的和尚独自在钟头上住着，据说他已经不间歇地打了十一年钟，他的愿心是打到他不能动弹的那天，钟楼上供着菩萨，打钟人在大钟的一边安着他的"座"，他每晚是坐着安神的，一只手挽着钟槌的一头，从长期的习惯，不叫睡眠耽误他的职司。"这和尚，"我自忖，"一定是有道理的！和尚是没道理的多：方才那知客僧想把七窍蒙充六根，怎么算总多了一个鼻孔或是耳孔；那方丈师的谈吐里不少某督军与某省长的点缀；那管半山亭的和尚更是贪嗔的化身，无端摔破了两个无辜的茶碗。但这打钟和尚，他一定不是庸流不能不去看看！"他的年岁在五十开外，出家有二十几年，这钟楼，不错，是他管的，这钟是他打的（说着他就过去撞了一下），他每晚，也不错，是坐着安神的，但此外，可怜，我的俗眼竟看不出什么异样。他拂拭着神龛，神座，拜垫，换上香烛，掇一盂水，洗一把青菜，捻一把米，擦干了手接受香客的布施，又转身去撞一声钟。他脸上看不出修行的清癯，却没有失眠的倦态，倒是满满的不时有笑容的展露；念什么经；不，就念阿弥陀佛，他竟许是不认识字的。"那一带是什么山，叫什么，和尚？""这里是天目山。"他说。"我知道，我说的是那一带的。"我手点着问。"我不知道。"他回答。

山上另有一个和尚，他住在更上去昭明太子读书台的旧址，盖有几间屋，供着佛像，也归庙管的，叫作茅棚，但这不比得普陀山上的真茅棚，那看了怕人的，坐着或是偎着修行的和尚没一个不是鹄形鸠面，鬼似的东西。他们不开口的多，你爱布施什么就放在他跟前的篓子或是盘子里，他们怎么也不睁眼，不出声，随你给的是金条或是铁条。人说得更奇了，有的半年没有吃过东西，不曾挪过窝，可还是没有死，就这冥冥地坐着。他们大约离成佛不远了，单看他们的脸色，就比石片泥土不差什么，一样这黑刺刺、死僵僵的。"内中有几个，"香客们说，"已经成了活佛，我们的祖母早三十年来就看见他们这样坐着的！"

但天目山的茅棚以及茅棚里的和尚，却没有那样的浪漫出奇。茅棚是尽够蔽风雨的屋子，修道的也是活鲜鲜的人，虽则他并不因此减却他给我们的趣味。他是一个高身材、黑面目、行动迟缓的中年人；他出家将近十年，三年前坐过禅关，现在这山上茅棚里来修行；他在俗家时是个商人，家中有父母兄弟姊妹，也许还有自身的妻子；他不曾明说他中年出家的缘由，他只说"俗业太重了，还是出家从佛的好"，但从他沉着的语音与持重的神态中可以觉出他不仅是曾经在人事上受过磨折，并且是在思想上能分清黑白的人。他的口，他的眼，都泄漏着他内里强自抑制，魔与佛交斗的痕迹；说他是放过火杀过人的忏悔者，可信；说他是个回头的浪子，也可信。他不比那钟楼上人的不着颜色，不露曲折：他分明是色的世界里逃来的一个囚犯。三年的禅关，三年的草棚，还不曾压倒，不曾灭净，他肉身的烈火。"俗业太重了，不如出家从佛的好"；这话里岂不战栗着一往忏悔的深心？我觉着好奇；我怎么能得知他深夜趺坐时意念的究竟？

    佛于大众中　　说我当作佛
    闻如是法音　　疑悔悉已除
    初闻佛所说　　心中大惊疑
    将非魔作佛　　恼乱我心耶

  但这也许看太奥了。我们承受西洋人生观洗礼的，容易把做人看太积极，入世的要求太猛烈，太不肯退让，把住这热虎虎的一个身子一个心放进生活的轧床去，不叫他留存半点汁水回去；非到山穷水尽的时候，决不肯认输，退后，收下旗帜；并且即使承认了绝望的表示，他往往直接向生存本体作取决，不来半不阑珊的收回了步子向后退：宁可自杀，干脆的生命的断绝，不来出家，那是生命的否认。不错，西洋人也有出家做和尚做尼姑的，例如亚佩腊与爱洛绮丝，但在他们是情感方面的转变，原来对人的爱移作对上帝的爱，这知感的自体与它的活动依旧不含糊地在着；在东方人，这出家是求情感的消灭，皈依佛法或道法，目的在自我一切痕迹的解脱。再说，这出家或出世的观念的老家，是印度不是中国，是跟着佛教来的；印度可以会发生这类思想，学者们自有种种哲理上乃至物理上的解释，也尽有趣味的。中国何以能容留这类思想，并且在实际上出家做尼僧的今天不比以前少（我新近一个朋友差一点做了小和尚！），这问题正值得研究，因为这分明不仅仅是个知识乃至意识的浅深问题，也许这情形尽有极有趣味的解释的可能，我见闻浅，不知道我们的学者怎样想法，我愿意领教。

江行的晨暮

朱湘

美在任何的地方，即使是古老的城外，一个轮船码头的上面。

等船，在划子上，在暮秋夜里九点钟的时候，有一点冷的风。天与江，都暗了；不过，仔细地看去，江水还浮着黄色。中间所横着的一条深黑，那是江的南岸。

在众星的点缀里，长庚星闪耀得像一盏较远的电灯。一条水银色的光带晃动在江水之上。看得见一盏红色的渔灯。

岸上的房屋是一排黑的轮廓。

一条趸船在四五丈以外的地点。模糊的电灯，平时令人不快的，在这时候，在这条趸船上，反而，不仅是悦目，简直是美了。在它的光围下面，聚集着有一些人形的轮廓。不过，并听不见人声，像这条划子上这样。

忽然间，在前面江心里，有一些黝黯的帆船顺流而下，没有声音，像一些巨大的鸟。

一个商埠旁边的清晨。

太阳升上了有二十度；覆碗的月亮与地平线还有四十度的距离。几大片鳞云粘在浅碧的天空里；看来，云好像是在太阳的后面，并且远了不少。

山岭披着古铜色的衣，褶痕是大有画意的。

水汽腾上有两尺多高。有几只肥大的鸥鸟，它们，在阳光之内，暂时地闪白。

月亮是在左舷的这边。

水汽腾上有一尺多高；在这边，它是时隐时显的。在船影之内，它简直是看不见了。

颜色十分清润的，是远洲上的列树，水平线上的帆船。

江水由船边的黄到中心的铁青到岸边的银灰色。有几只小轮在喷吐着煤烟：在烟囱的端际，它是黑色；在船影里，淡青，米色，苍白；在斜映着的阳光里，棕黄。

清晨时候的江行是色彩的。

看树

废名

我生平喜欢看树，年既老而不衰。我说树，自然而然的指定它是一棵大树，而且并不想到它是可以成为森林的，喜欢看它一棵，其所谓连林人不觉，独树众乃奇乎，我本来就很少在众树之下走过路，特别是从小的时候，所以简直就没有一个森林的印象。只是花之树，则常是独自稀奇，我在一个地方一个杏林里看见好几百棵红杏枝头了，但这还只能算是看花，不算看树，我看花最是喜欢一眼看不尽的，所谓走马观花是也。

七八岁的时候，同着族人一路下乡做重阳，"做重阳"就是重阳祭祖也，在离家十五里的一个村镇看见一棵大树，是我生平看见的最大的一棵树，至今也不晓得叫什么树，后来当然看见过更大的树，因为我们乡里是不会生长了不起的大树的，但在我的记忆里确是以它为最大了,至今想起来还是喜欢得出奇。在外祖母的"圩"里,有一棵桑树,四围尽是稻田,它是长在一块种了菜的旱地之上,从坝上望下去只有它是一棵树了,我很爱,但我没有爬上去摘过它的叶子,却从树脚下拾了桑葚吃,我看了别的孩子朋友一爬就爬上去了,心里甚是羡慕,简直就寂寞得很。

三年以前,暑假回家,坐篷船,渡"白湖",除了荡船的就只有我一人,我背着他坐在篷里,只看见水,水又似乎没有岸,我就仿佛坐在监牢里似的,度日如年,只要让我上岸就好,不管是什么地方,忽然水外看见山,很小的山,而又看见山上一棵树,渐渐我的天地就只有这一棵树,觉得很好玩,船一桨一桨的移动,那个弓形的篷口慢慢只能让我看见那一棵树了。

无花之古树与看花不同,而古树开花也与看花不同,别有意思,我也最喜欢看,我所看见的只是西山卧佛寺两棵楸树,后来又在平则门外钓鱼台看见过,远不如卧佛寺的大罢了。去年夏间上八大处,道旁看见一棵古松牵挂着许多凌霄花,很是好看,凌霄花的颜色真是应该挂在松树上。我本不晓得这个花的名字,同游者告诉我的。小时看见的金银花,也都是挂在大树之上,常是一个跑到坝上寻金银花,望见它挂在树上自己也只是站在树下不动,因为我一点也不会上树。

钓台的春昼

郁达夫

因为近在咫尺,以为什么时候要去就可以去,我们对于本乡本土的名区胜景,反而往往没有机会去玩,或不容易下一个决心去玩的。正惟其是如此,我对于富春江上的严陵,二十年来,心里虽每在记着,但脚却没有向这一方面走过。一九三一,岁在辛未,暮春三月,春服未成,而中央党帝,似乎又想玩一个秦始皇所玩过的把戏了,我接到了警告,就仓皇离去了寓居。先在江浙附近的穷乡里,游息了几天,偶尔看见了一家扫墓的行舟,乡愁一动,就定下了归计。绕了一个大弯,赶到故乡,却正好还在清明寒食的节前。和家人等去上了几处坟,与许久不曾见过面的亲戚朋友,来往热闹了几天,一种乡居的倦怠,忽而袭上心来了,于是乎我就决心上钓台访一访严子陵的幽居。

钓台去桐庐县城二十余里，桐庐去富阳县治九十里不足，自富阳溯江而上，坐小火轮三小时可达桐庐，再上则须坐帆船了。

我去的那一天，记得是阴晴欲雨的养花天，并且系坐晚班轮去的，船到桐庐，已经是灯火微明的黄昏时候了，不得已就只得在码头近边的一家旅馆的楼上借了一宵宿。

桐庐县城，大约有三里路长，三千多烟灶，一二万居民，地在富春江西北岸，从前是皖浙交通的要道，现在杭江铁路一开，似乎没有一二十年前的繁华热闹了。尤其要使旅客感到萧条的，却是桐君山脚下的那一队花船的失去了踪影。说起桐君山，却是桐庐县的一个接近城市的灵山胜地，山虽不高，但因有仙，自然是灵了。以形势来论，这桐君山，也的确是可以产生出许多口音生硬，别具风韵的桐严嫂来的生龙活脉。地处在桐溪东岸，正当桐溪和富春江合流之所，依依一水，西岸便瞰视着桐庐县市的人家烟树。南面对江，便是十里长洲；唐诗人方干的故居，就在这十里桐洲九里花的花田深处。向西越过桐庐县城，更遥遥对着一排高低不定的青峦，这就是富春山的山子山孙了。东北面山下，是一片桑麻沃地，有一条长蛇似的官道，隐而复现，出没盘曲在桃花杨柳洋槐榆树的中间，绕地一支小岭，便是富阳县的境界，大约去程明道的墓地程坟，总也不过一二十里地的间隔。我的去拜谒桐君，瞻仰道观，就在那一天到桐庐的晚上，是淡云微月，正在作雨的时候。

鱼梁渡头，因为夜渡无人，渡船停在东岸的桐君山下。我从旅馆踱了出来，先在离轮埠不远的渡口停立了几分钟。后来向一位来渡口洗夜饭米的年轻少妇，弓身请问了一回，才得到了渡江的秘诀。她说："你只须高喊两三声，船自会来的。"先谢了她教我的好意，然后以两手围成了播音的喇叭，"喂，喂，渡船请摇过来！"地纵声一喊，果然在半江的黑影当中，船身摇动了。渐摇渐近，五分钟后，我在渡口，却终于听出了咿呀柔橹的声音。时间似乎已经入了酉时的下刻，小市里的群动，这时候都已经静息，自从渡口的那位少妇，在微茫的夜色里，藏去了她那张白团团的面影之后，我独立在江边，不知不觉心里头却兀自感到了一种他乡日暮的悲哀。渡船到岸，船头上起了几声微微的水浪清音，又铜东的一响，我早已跳上了船，渡船也已经掉过头来了。坐在黑影沉沉的舱里，我起先只在静听着柔橹划水的声音，然后却在黑影里看出了一星船家在吸着的长烟管头上的烟火，最后因为被沉默压迫不过，我只好开口说话了："船家！你这样的渡我过去，该给你几个船钱？"我问。"随你先生把几个就是。"船家的说话冗慢幽长，似乎已经带着些睡意了，我就向袋里摸出了两角钱来。"这两角钱，就算是我的渡船钱，请你候我一会，上山去烧一次夜香，我是依旧要渡过江来的。"船家的回答，只是恩恩乌乌，幽幽同牛叫似的一种鼻音，然而从继这鼻音而起的两三声轻快的咳声听来，他却似已经在感到满足了，因为我也知道，乡间的义渡，船钱最多也不过是两三枚铜子而已。

　　到了桐君山下，在山影和树影交掩着的崎岖道上，我上岸走不上几步，就被一块乱石绊倒，滑跌了一次。船家似乎也动了恻隐之心了，一句话也不发，跑将上来，他却突然交给了我一盒火柴。我于感谢了一番他的盛意之后，重整步武，再摸上山去，先是必须点一枝火柴走三五步路的，但到得半山，路既就了规律，而微云堆里的半规月色，也朦胧地现出一痕银线来了，所以手里还存着的半盒火柴，就被我藏入了袋里。路是从山的西北，盘曲而上，渐走渐高，半山一到，天也开朗了一点，桐庐县市上的灯火，也星星可数了。更纵目向江心望去，富春江两岸的船上和桐溪合流口停泊着的船尾船头，也看得出一点一点的火来。走过半山，桐君观里的晚祷钟鼓，似乎还没有息尽，耳朵里仿佛听见了几丝木鱼钲钹的残声。走上山顶，先在半途遇着了一道道观外围的女墙，这女墙的栅门，却已经掩上了。在栅门外徘徊了一刻，觉得已经到了此门而不进去，终于是不能满足我这一次暗夜冒险的好奇怪癖的。所以细想了几次，还是决心进去，非进去不可，轻轻用手往里面一推，栅门却呀的一声，早已退向了后方开开了，这门原来是虚掩在那里的。进了栅门，踏着为淡月所映照的石砌平路，向东向南的前走了五六十步，居然走到了道观的大门之外，这两扇朱红漆的大门，不消说是紧闭在那里的。到了此地，我却不想再破门进去了，因为这大门是朝南向着大江开的，门外头是一条一丈来宽的石砌步道,步道的一旁是道观的墙,一旁便是山坡,靠山坡的一面,并且还有一道二尺来高的石墙筑在那里,大约是代替栏杆,防人倾跌下山去的用意,石墙之上,铺的是二三尺宽的青石,在这似石栏又似石凳的墙上,尽可以坐卧游息,饱看桐江和对岸的风景,就是在这里坐它一晚,也很可以,我又何必去打开门来,惊起那些老道的噩梦呢!

空旷的天空里,流涨着的只是些灰白的云,云层缺处,原也看得出半角的天,和一点两点的星,但看起来最饶风趣的,却仍是欲藏还露,将见仍无的那半规月影。这时候江面上似乎起了风,云脚的迁移,更来得迅速了,而低头向江心一看,几多散乱着的船里的灯光,也忽明忽灭地变换了一变换位置。

这道观大门外的景色,真神奇极了。我当十几年前,在放浪的游程里,曾向瓜州京口一带,消磨过不少的时日。那时觉得果然名不虚传的,确是甘露寺外的江山,而现在到了桐庐,昏夜上这桐君山来一看,又觉得这江山之秀而且静,风景的整而不散,却非那天下第一江山的北固山所可与比拟的了。真也难怪得严子陵,难怪得戴征士,倘使我若能在这样的地方结屋读书,颐养天年,那还要什么的高官厚禄,还要什么的浮名虚誉哩?一个人在这桐君观前的石凳上,看看山,看看水,看看城中的灯火和天上的星云,更做做浩无边际的无聊的幻梦,我竟忘记了时刻,忘记了自身,直等到隔江的击柝声传来,向西一看,忽而觉得城中的灯影微茫地减了，才跑也似的走下了山来，渡江奔回了客舍。

　　第二日侵晨，觉得昨天在桐君观前做过的残梦正还没有续完的时候，窗外面忽而传来了一阵吹角的声音。好梦虽被打破，但因这同吹箪篥似的商音哀咽，却很含着些荒凉的古意，并且晓风残月，杨柳岸边，也正好候船待发，上严陵去；所以心里虽怀着了些儿怨恨，但脸上却只现出了一痕微笑，起来梳洗更衣，叫茶房去雇船去。雇好了一只双桨的渔舟，买就了些酒菜鱼米，就在旅馆前面的码头上上了船，轻轻向江心摇出去的时候，东方的云幕中间，已现出了几丝红晕，有八点多钟了。舟师急得厉害，只在埋怨旅馆的茶房，为什么昨晚上不预先告诉，好早一点出发。因为此去就是七里滩头，无风七里，有风七十里，上钓台去玩一趟回来，路程虽则有限，但这几日风雨无常，说不定要走夜路，才回来得了的。

　　过了桐庐，江心狭窄，浅滩果然多起来了。路上遇着的来往的行舟，数目也是很少，因为早晨吹的角，就是往建德去的快班船的信号，快班船一开，来往于两岸之间的船就不十分多了。两岸全是青青的山，中间是一条清浅的水，有时候过一个沙洲，洲上的桃花菜花，还有许多不晓得名字的白色的花，正在喧闹着春暮，吸引着蜂蝶。我在船头上一口一口地喝着严东关的药酒，指东话西地问着船家，这是什么山，那是什么港，惊叹了半天，称颂了半天，人也觉得倦了，不晓得什么时候，身子却走上了一家

水边的酒楼,在和数年不见的几位已经做了党官的朋友高谈阔论。谈论之余,还背诵了一首两三年前曾在同一的情形之下作成的歪诗:

> 不是尊前爱惜身,
> 佯狂难免假成真,
> 曾因酒醉鞭名马,
> 生怕情多累美人。
> 劫数东南天作孽,
> 鸡鸣风雨海扬尘,
> 悲歌痛哭终何补,
> 义士纷纷说帝秦。

直到盛筵将散,我酒也不想再喝了,和几位朋友闹得心里各自难堪,连对旁边坐着的两位陪酒的名花都不愿意开口。正在这上下不得的苦闷关头,船家却大声地叫了起来说:

"先生,罗芷过了,钓台就在前面,你醒醒吧,好上山去烧饭吃去。"

擦擦眼睛,整了一整衣服,抬起头来一看,四面的水光山色又忽而变了样子了。清清的一条浅水,比前又窄了几分,四周的山包得格外地紧了,仿佛是前无去路的样子。并且山容峻削,看去觉得格外的瘦格外的高。向天上地下四围看看,只寂寂的看不见一个人类。双桨的摇响,到此似乎也不敢放肆了,钩的一声过后,要好半天才来一个幽幽的回响,静,静,静,身边水上,山下岩头,只沉浸着太古的静,死灭的静,山峡里连飞鸟的影子也看不见半只。前面的所谓钓台山上,只看得见两大个石垒,一间歪斜的亭子,许多纵横芜杂的草木。山腰里的那座祠堂,也只露着些废垣残瓦,屋上面连炊烟都没有一丝半缕,像是好久好久没有人住了的样子。并且天气又来得阴森,早晨曾经露一露脸过的太阳,这时候早已深藏在云堆里了,余下来的只是时有时无从侧面吹来的阴飕飕的半箭儿山风。船靠了山脚,跟着前面背着酒菜鱼米的船夫走上严先生祠堂的时候,我心里真有点害怕,怕在这荒山里要遇见一个干枯苍老得同丝瓜筋似的严先生的鬼魂。

在祠堂西院的客厅里坐定,和严先生的不知第几代的裔孙谈了几句关于年岁水旱的话后,我的心跳也渐渐儿的镇静下去了,嘱托了他以煮饭烧菜的杂务,我和船家就从断碑乱石中间爬上了钓台。

东西两石垒,高各有二三百尺,离江面约两里来远,东西台相去只有一二百步,但其间却夹着一条深谷。立在东台,可以看得出罗芷的人家,回头展望来路,风景似乎散漫一点,而一上谢氏的西台,向西望去,则幽谷里的清景,却绝对的不像是在人间了。我虽则没有到过瑞士,但到了西台,朝西一看,立时就想起了曾在照片上看见过的威廉退儿的祠堂。这四山的幽静,这江水的青蓝,简直同在画片上的珂罗版色彩,一色也没有两样,所不同的就是在这儿的变化更多一点,周围的环境更芜杂不整齐一点而已,但这却是好处,这正是足以代表东方民族性的颓废荒凉的美。

从钓台下来,回到严先生的祠堂——记得这是洪杨以后严州知府戴槃重建的祠堂——西院里饱啖了一顿酒肉,我觉得有点酩酊微醉了。手拿着以火柴柄制成的牙签,走到东面供着严先生神像的龛前,向四面的破壁上一看,翠墨淋漓,题在那里的,竟多是些俗而不雅的过路高官的手笔。最后到了南面的一块白墙头上,在离屋檐不远的一角高处,却看到了我们的一位新近去世的同乡夏灵峰先生的四句似邵尧夫而又略带感慨的诗句。夏灵峰先生虽则只知崇古,不善处今,但是五十年来,像他那样的顽固自尊的亡清遗老,也的确是没有第二个人。比较起现在的那些官迷的南满尚书和东洋宦婢来,他的经术言行,姑且不必去论它,就是以骨头来称称,我想也要比什么罗三郎郑太郎辈,重到好几百倍。慕贤的心一动,熏人臭技自然是难熬了,堆起了几张桌椅,借得了一支破笔,我也向高墙上在夏灵峰先生的脚后放上了一个陈屁,就是在船舱的梦里,也曾微吟过的那一首歪诗。

从墙头上跳将下来,又向龛前天井去走了一圈,觉得酒后的干喉,有点渴痒了,所以就又走回到了西院,静坐着喝了两碗清茶。在这四大无声,只听见我自己的啾啾喝水的舌音冲击到那座破院的败壁上去的寂静中间,同惊雷似的一响,院后的竹园里却忽而飞出了一声闲长而又有节奏似的鸡啼的声来。同时在门外面歇着的船家,也走进了院门,高声地对我说:

"先生,我们回去吧,已经是吃点心的时候了,你不听见那只鸡在后山啼么?我们回去吧!"

赏菊狮子林

周瘦鹃

节气已过小雪，而江南一带不但毫无雪意，天气还是并不太冷，连浓霜也不曾有过，菊花正开得挺好，正是举行菊展的好时光。大型的菊展，是在狮子林举行的。凡是苏州市各园林的菊花，几乎都集中于此，大大小小数千百盆，云蒸霞蔚地蔚为大观。

一进狮子林大门，就瞧见前庭陈列着不少盆菊，五色斑斓，似乎盛妆迎客。沿着走廊北进，到了燕誉堂。堂前假山上、花坛里，都错错落落地点缀着菊花。堂上每一几、每一案，都陈列着大小方圆的陶盆、瓷盆，盆中都整整齐齐地种着细种、名种的菊花，真是形形色色、林林总总，任是丹青妙手，怕也没法儿一一描画出来。当初陶渊明所爱赏的，大概只有黄菊一种，怎能比得上我们今天的幸运，可以看到这样丰富多彩的各种名菊而大开眼界、大饱眼福呢！

这一带原是园中的建筑群。燕誉堂的后面，是一个小小结构的小方厅。从后院中，走出一扇海棠式的门，就到了揖峰指柏轩。再向西进，便是旧时建筑物中仅存的所谓古五松园。每一座厅、一座轩、一座堂，都陈列着多种多样的名菊，而这些厅堂前后都有院落，都有假山，也一样用多种多样的名菊随意点缀着。这触处都是不可胜数的名菊，都是公园、拙政园、留园、狮子林、网师园等花工们一年劳动的结晶。

揖峰指柏轩的前面，有一条狭狭的小溪，溪上架着一条弓形的石桥，桥栏上齐整地排列着好多盆黄色和浅紫色的小菊花，好像是两道锦绣的花边，形成了一条绚烂的花桥。站在轩前抬眼望去，可见一座座的奇峰、一株株的古柏，就可明了轩名揖峰指柏的含义。此外还有头角峥嵘的石笋和木化石，都是五六百年来身历兴废的古物，还是元代造园时就兀立在这里的。这一带的假山迂回曲折，路复山重，要是漫不经心地随意溜达，就好像误入了诸葛孔明的八卦阵，迷迷糊糊地找不到出路。

荷花厅在揖峰指柏轩之西，厅前有大天棚很为爽垲，这是供游客们啜茗休憩的所在。棚临大池塘，种着各色名种荷花，入夏大叶高花，足供欣赏。现在荷花没有了，却可在这里赏菊。原来花工们别出心裁，在前面连绵不断的假山上，像散兵线般散放着一盆盆黄白的菊花，远远望去，倒像是秋夜散布天际的星斗一样。出厅更向西进，有一个金碧辉煌的水榭，上有蓝地金字匾额，大书"真趣"二字，并没有款识，据说是清帝乾隆所写的。西去不多远，有一只石造的画舫，窗嵌五色玻璃，十分富丽；现在船舷头、船尾上，都密集地安放着各色小型的盆菊，形成了一只美丽的花船。沿着长廊再向西去，由假山上拾级而登，就是赏梅所在的暗香疏影楼。出楼向南，得一亭，叫作听涛亭，与荷池边的观瀑亭遥遥相对。原来这里是西部假山最高的所在，下有人造瀑布，开了机关，水从隐蔽着的水塔管中荡荡下泻，泻过湖石叠成的几叠水坝，活像山中真瀑，挂下一大匹白练来，气势磅礴，水声洞洞，边看边听，使人心脾一清。这是狮子林的又一特点，为其他园林所没有。出亭，过短廊，入问梅阁。古诗云：

君自故乡来，应知故乡事。
昨日绮窗前，寒梅着花未？

因阁下多梅树，就借用"问梅花开未"的意思作为阁名。阁中桌凳，都作梅花形，窗上全是冰梅纹的格子，而又挂着"绮窗春讯"四字的横额，都是和梅花互相配合的。从这里一路沿廊下去，还有双香仙馆、扇子亭、立雪亭、修竹阁等建筑物。因为这一带已没有菊花，也就不用流连了。

辑五

万物生灵，天真可爱

巩乃斯的马，日出而撒欢，日入而哀鸣，
它们好像永远是这样散漫而又有所期待，
这样原始而又有感知，
这样不假雕饰而又优美，
这样我行我素而又不会被世界所淘汰。

猫

郑振铎

我家养了好几次的猫,却总是失踪或死亡。三妹是最喜欢猫的,她常在课后回家时,逗着猫玩。有一次,从隔壁要了一只新生的猫来。花白的毛,很活泼,常如带着泥土的白雪球似的,在廊前太阳光里滚来滚去。三妹常常的,取了一条红带,或一根绳子,在它面前来回地拖摇着,它便扑过来抢,又扑过去抢。我坐在藤椅上看着他们,可以微笑着消耗过一两小时的光阴,那时太阳光暖暖地照着,心上感着生命的新鲜与快乐。后来这只猫不知怎的忽然消瘦了,也不肯吃东西,光泽的毛也污涩了,终日躺在厅上的椅下,不肯出来。三妹想着种种方法去逗它,它都不理会。我们都很替它忧郁。三妹特地买了一个很小很小的铜铃,用红绫带穿了,挂在它颈下,但只觉得不相称,它只是毫无生意地、懒惰地、郁闷地躺着。有一天中午，我从编译所回来，三妹很难过地说道："哥哥，小猫死了！"

我心里也感着一缕的酸辛，可怜这两个来相伴的小侣！当时只得安慰着三妹道："不要紧，我再向别处要一只来给你。"

隔了几天，二妹从虹口舅舅家里回来，她道，舅舅那里有三四只小猫，很有趣，正要送给人家。三妹便怂恿着她去拿一只来。礼拜天，母亲回来了，却带了一只浑身黄色的小猫同来。立刻三妹一部分的注意，又被这只黄色小猫吸引去了。这只小猫较第一只更有趣，更活泼。它在园中乱跑，又会爬树，有时蝴蝶安详地飞过时，它也会扑过去捉。它似乎太活泼了，一点儿也不怕生人，有时由树上跃到墙上，又跑到街上，在那里晒太阳。我们都很为它提心吊胆，一天都要"小猫呢？小猫呢？"地查问得好几次。每次总要寻找了一回，方才寻到。三妹常指它笑着骂道："你这小猫呀，要被乞丐捉去后才不会乱跑呢！"我回家吃午饭，总看见它坐在铁门外边，一见我进门，便飞也似的跑进去了。饭后的娱乐，是看它在爬树，隐身在阳光隐约里的绿叶中，好像在等待着要捕捉什么似的。把它捉了下来，又极快地爬上去了。过了两三个月，它会捉鼠了。有一次，居然捉到一只很肥大的鼠，自此，夜间便不再听见讨厌的吱吱的声了。

某一日清晨，我起床来，披了衣下楼，没有看见小猫，在小园里找了一遍，也不见。心里便有些亡失的预警。

"三妹，小猫呢？"

她慌忙地跑下楼来，答道："我刚才也寻了一遍，没有看见。"

家里的人都忙乱地在寻找，但终于不见。

李妈道："我一早起来开门，还见它在厅上。烧饭时，才不见了它。"

大家都不高兴，好像亡失了一个亲爱的同伴，连向来不大喜欢它的张妈也说："可惜，可惜，这样好的一只小猫。"我心里还有一线希望，以为它偶然跑到远处去，也许会认得归途的。

午饭时，张妈诉说道："刚才遇到隔壁周家的丫头，她说，早上看见我家的小猫在门外，被一个过路的人捉去了。"

于是这个亡失证实了。三妹很不高兴地，咕噜着道："他们看见了，为什么不出来阻止？他们明晓得它是我家的！"

我也怅然地，愤然地，在诅骂着那个不知名的夺去我们所爱的东西的人。

自此，我家好久不养猫。

冬天的早晨，门口蜷伏着一只很可怜的小猫，毛色是花白的，但并不好看，又很瘦。它伏着不去。我们如不取来留养，至少也要为冬寒与饥饿所杀。张妈把它拾了进来，每天给它饭吃。但大家都不大喜欢它，它不活泼，也不像别的小猫之喜欢顽游，好像是具着天生的忧郁性似的，连三妹那样爱猫的，对于它，也不加注意。如此的,过了几个月,它在我家仍是一只若有若无的动物,它渐渐地肥胖了,但仍不活泼。大家在廊前晒太阳闲谈着时,它也常来蜷伏在母亲或三妹的足下。三妹有时也逗着它玩,但并没有对于前几只小猫那样感兴趣。有一天,它因夜里冷,钻到火炉底下去,毛被烧脱好几块,更觉得难看了。

春天来了,它成了一只壮猫了,却仍不改它的忧郁性,也不去捉鼠,终日懒惰地伏着,吃得胖胖的。

这时,妻买了一对黄色的芙蓉鸟来,挂在廊前,叫得很好听。妻常常叮嘱着张妈换水,加鸟粮,洗刷笼子。那只花白猫对于这一对黄鸟,似乎也特别注意,常常跳在桌上,对鸟笼凝望着。

妻道:"张妈,留心猫,它会吃鸟呢。"

张妈便跑来把猫捉了去,隔一会儿,它又跳上桌子对鸟笼凝望着了。

一天,我下楼时,听见张妈在叫道:"鸟死了一只,一条腿没有了,笼板上都是血。是什么东西把它咬死的?"

我匆匆跑下去看,果然一只鸟是死了,羽毛松散着,好像它曾与它的敌人挣扎了许久。

我很愤怒,叫道:"一定是猫,一定是猫!"于是立刻便去找它。

妻听见了,也匆匆地跑下来,看了死鸟,很难过,便道:

"不是这猫咬死的还有谁?它常常对鸟笼望着,我早就叫张妈要小心了。张妈!你为什么不小心?!"

张妈默默无言,不能有什么话来辩护。

于是猫的罪状证实了。大家都去找这可厌的猫,想给它以一顿惩戒。找了半天,却没找到。真是"畏罪潜逃"了,我以为。

三妹在楼上叫道:"猫在这里了。"

它躺在露台板上晒太阳,态度很安详,嘴里好像还在吃着什么。我想,它一定是在吃着这可怜的鸟的腿了,一时怒气冲天,拿起楼门旁倚着的一根木棒,追过去打了一下。它很悲楚地叫了一声"咪呜!"便逃到屋瓦上了。

我心里还愤的,以为惩戒得还没有快意。

隔了几天,李妈在楼下叫道:"猫,猫!又来吃鸟了。"同时我看见一只黑猫飞快地逃过露台,嘴里衔着一只黄鸟。我开始觉得我是错了!

我心里十分的难过,真的,我的良心受伤了,我没有判断明白,便妄下断语,冤苦了一只不能说话辩诉的动物。想到它的无抵抗的逃避,益使我感到我的暴怒,我的虐待,都是针,刺我的良心的针!

我很想补救我的过失,但它是不能说话的,我将怎样地对它表白我的误解呢?

两个月后,我们的猫忽然死在邻家的屋脊上。我对于它的亡失，比以前的两只猫的亡失，更难过得多。

我永无改正我的过失的机会了！

自此，我家永不养猫。

一九二五年十一月七日于上海

沙坪小屋的鹅

丰子恺

抗战胜利后八个月零十天，我卖脱了三年前在重庆沙坪坝庙湾地方自建的小屋，迁居城中去等候归舟。

除了托庇三年的情感以外，我对这小屋实在毫无留恋。因为这屋太简陋了，这环境太荒凉了；我去屋如弃敝屣。倒是屋里养的一只白鹅，使我念念不忘。

这白鹅，是一位将要远行的朋友送给我的。这朋友住在北碚，特地从北碚把这鹅带到重庆来送给我。我亲自抱了这雪白的大鸟回家，放在院子内。它伸长了头颈，左顾右盼。我一看这姿态，想道："好一个高傲的动物！"凡动物，头是最主要的部分。这部分的形状，最能表明动物的性格。例如狮子、老虎，头都是大的，表示其力强；麒麟、骆驼，头都是高的，表示其高超；狼、狐、狗等，头都是尖的，表示其刁奸猥鄙；猪猡、乌龟等，头都是缩的，表示其冥顽愚蠢。鹅的头在比例上比骆驼更高，与麒麟相似，正是高超的性格的表示。而它的叫声、步态、吃相，更表示出一种傲慢之气。

鹅的叫声，与鸭的叫声大体相似，都是"轧轧"然的，但音调上大不相同。鸭的"轧轧"，其音调琐碎而愉快，有小心翼翼的意味；鹅的"轧轧"，其音调严肃郑重，有似厉声呵斥。它的旧主人告诉我：养鹅等于养狗，它也能看守门户。后来我看到果然：凡有生客进来，鹅必然厉声叫嚣；甚至篱笆外有人走路，也要它引吭大叫，其叫声的严厉，不亚于狗的狂吠。狗的狂吠，是专对生客或宵小用的；见了主人，狗会摇头摆尾，呜呜地乞怜。鹅则对无论何人，都是厉声呵斥；要求饲食时的叫声，也好像大爷嫌饭迟而怒骂小使一样。

鹅的步态，更是傲慢了。这在大体上也与鸭相似。但鸭的步调急速，有局促不安之相。鹅的步调从容，大模大样的，颇像平剧里的净角出场。这正是它的傲慢的性格的表现。我们走近鸡或鸭，这鸡或鸭一定让步逃走。这是表示对人惧怕。所以我们要捉住鸡或鸭，颇不容易。那鹅就不然：它傲然地站着，看见人走来简直不让；有时非但不让，竟伸过颈子来咬你一口。这表示它不怕人，看不起人。但这傲慢终归是狂妄的。我们一伸手，就可一把抓住它的项颈，而任意处置它。家畜之中，最傲人的无过于鹅，同时最容易捉住的也无过于鹅。

鹅吃饭，常常使我们发笑。我们的鹅是吃冷饭的，一日三餐。它需要三样东西下饭：一样是水，一样是泥，一样是草。先吃一口冷饭，次吃一口水，然后再到某地方去吃一口泥及草。这地方是它自己选定的，选的目标，我们做人的无法知道。大约泥和草也有各种滋味，它是依着它的胃口而选定的。这食料并不奢侈，但它的吃法，三眼一板，丝毫不苟。譬如吃了一口饭，倘水盆偶然放在远处，它一定从容不迫地踏大步走上前去，饮水一口，再踏大步走到一定的地方去吃泥、吃草。吃过泥和草再回来吃饭。这样从容不迫地吃饭，必须有一个人在旁侍候，像饭馆里的侍者一样。因为附近的狗都知道我们这位鹅老爷的脾气，每逢它吃饭的时候，狗就躲在篱边窥伺。等它吃过一口饭，踏着方步去吃水、吃泥、吃草的当儿，狗就敏捷地跑上来，努力地吃它的饭。没有吃完，鹅老爷偶然早归，伸颈去咬狗，并且厉声叫骂，狗立刻逃往篱边，蹲着静候；看它再吃了一口饭，再走开去吃水、吃草、吃泥的时候，狗又敏捷地跑上来，这回就把它的饭吃完，扬长而去了。等到鹅再来吃饭的时候，饭罐已经空空如也。鹅便昂首大叫，似乎责备人们供养不周。这时我们便替它添饭，并且站着侍候。因为邻近狗很多，一狗方去，一狗又来蹲着窥伺了。邻近的鸡也很多，也常蹑手蹑脚地来偷鹅的饭吃。我们不胜其烦，以后便将饭罐和水盆放在一起，免得它走远去，让鸡、狗偷饭吃,然而它所必需的盛馔——泥和草,所在的地点远近无定。为了找这盛馔,它仍是要走远去的。因此鹅吃饭,非有人侍候不可。真是架子十足的!

鹅,不拘它如何高傲,我们始终要养它,直到房子卖脱为止。因为它对我们,物质上和精神上都有贡献,使主母和主人都欢喜它。物质上的贡献,是生蛋。它每天或隔天生一个蛋,篱边特设一堆稻草,鹅蹲伏在稻草中了,便是要生蛋了。家里的小孩子更兴奋,站在它旁边等候。它分娩毕,就起身,大踏步走进屋里去,大声叫开饭。这时候孩子们把蛋热热地捡起,藏在背后拿进屋子来,说是怕鹅看见了要生气。鹅蛋真是大,有鸡蛋的四倍呢!主母的蛋篓子内积得多了,就拿来制盐蛋,炖一个盐鹅蛋,一家人吃不了!工友上街买菜回来说:"今天菜市上有卖鹅蛋的,要四百元一个,我们的鹅每天挣四百元,一个月挣一万二,比我们做工还好呢。哈哈哈哈。"大家陪他"哈哈哈哈"。望望那鹅,它正吃饱了饭,昂胸凸肚地,在院子里跨方步,看野景,似乎更加神气活现了。但我觉得,比吃鹅蛋更好的,还是它的精神的贡献。因为我们这屋实在太简陋,环境实在太荒凉,生活实在太岑寂了。赖有这一只白鹅,点缀庭院,增加生气,慰我寂寥。

且说我这屋子,真是简陋极了:篱笆之内,地皮二十方丈,屋所占的只六方丈,其余算是庭院。这六方丈上,建着三间"抗建式"平屋，每间前后划分为二室，共得六室，每室平均一方丈。中央一间，前室特别大些，约有一方丈半弱，算是食堂兼客堂；后室就只有半方丈强，比公共汽车还小，作为家人的卧室。西边一间，平均划分为二，算是厨房及工友室。东边一间，也平均划分为二，后室也是家人的卧室，前室便是我的书房兼卧房。三年以来，我坐卧写作，都在这一方丈内。归熙甫《项脊轩记》中说："室仅方丈，可容一人居。"又说："雨泽下注，每移案，顾视无可置者。"我只有想起这些话的时候，感觉得自己满足。我的屋虽不上漏，可是墙是竹制的，单薄得很。夏天九点钟以后，东墙上炙手可热，室内好比开放了热水汀。这时候反叫人盼望警报，可到六七丈深的地下室去凉快一下呢。

竹篱之内的院子，薄薄的泥层下面尽是岩石，只能种些番茄、蚕豆、芭蕉之类，却不能种树木。竹篱之外，坡岩起伏，尽是荒郊。因此这小屋赤裸裸的，孤零零的，毫无依蔽；远远望来，正像一个亭子。我长年坐守其中，就好比一个亭长。这地点离街约有里许，小径迂回，不易寻找，来客极稀。杜诗"幽栖地僻经过少"一句，这屋可以受之无愧。风雨之日，泥泞载途，狗也懒得走过，环境荒凉更甚。这些日子的岑寂的滋味，至今回想还觉得可怕。

自从这小屋落成之后，我就辞绝了教职，恢复了战前的闲居生活。我对外间绝少往来，每日只是读书、作画、饮酒、闲谈而已。我的时间全部是我自己的。这是我的性格的要求，这在我是认为幸福的。然而这幸福必需两个条件：在太平时，在都会里。如今在抗战期，在荒村里，这幸福就伴着一种苦闷——岑寂。为避免这苦闷，我便在读书、作画之余，在院子里种豆、种菜、养鸽、养鹅。而鹅给我的印象最深。因为它有那么庞大的身体、那么雪白的颜色、那么雄壮的叫声、那么轩昂的态度、那么高傲的脾气和那么可笑的行为。在这荒凉岑寂的环境中，这鹅竟成了一个焦点。凄风苦雨之日，手酸意倦之时，推窗一望，死气沉沉；唯有这伟大的雪白的东西，高擎着琥珀色的喙，在雨中昂然独步，好像一个武装的守卫，使得这小屋有了保障，这院子有了主宰，这环境有了生气。

我的小屋易主的前几天，我把这鹅送给住在小龙坎的朋友人家。送出之后的几天内，颇有异样的感觉。这感觉与诀别一个人的时候所发生的感觉完全相同，不过分量较为轻微而已。原来一切众生本是同根，凡属血气，皆有共感。所以这禽鸟比这房屋更是牵惹人情，更能使人留恋。现在我写这篇短文，就好比为一个永诀的朋友立传，写照。

这鹅的旧主人姓夏名宗禹，现在与我邻居着。

一九四六年四月二十五日于重庆

马缨花

季羡林

曾经有很长的一段时间,我孤零零一个人住在一个很深的大院子里。从外面走进去,越走越静,自己的脚步声越听越清楚,仿佛从闹市走向深山。等到脚步声成为空谷足音的时候,我住的地方就到了。

院子不小,都是方砖铺地,三面有走廊。天井里遮满了树枝,走到下面,浓荫匝地,清凉蔽体。从房子的气势来看,从梁柱的粗细来看,依稀还可以看出当年的富贵气象。

这富贵气象是有来源的。在几百年前,这里曾经是明朝的东厂。不知道有多少忧国忧民的志士曾在这里被囚禁过,也不知道有多少人在这里受过苦刑,甚至丧掉性命。据说当年的水牢现在还有迹可寻哩。

等到我住进去的时候，富贵气象早已成为陈迹，但是阴森凄苦的气氛却是原封未动。再加上走廊上陈列的那一些汉代的石棺石椁，古代的刻着篆字和隶字的石碑，我一走回这个院子里，就仿佛进入了古墓。这样的环境，这样的气氛，把我的记忆提到几千年前去。有时候我简直就像是生活在历史里，自己俨然成为古人了。

这样的气氛同我当时的心情是相适应的，我一向又不相信有什么鬼神，所以我住在这里，也还处之泰然。

但是也有紧张不泰然的时候。往往在半夜里，我突然听到推门的声音，声音很大，很强烈。我不得不起来看一看。那时候经常停电。我只能在黑暗中摸索着爬起来，摸索着找门，摸索着走出去。院子里一片浓黑，什么东西也看不见。连树影子也仿佛同黑暗粘在一起，一点都分辨不出来。我只听到大香椿树上有一阵窸窸窣窣的声音，然后咪噢的一声，有两只小电灯似的眼睛从树枝深处对着我闪闪发光。

这样一个地方，对我那些经常来往的朋友来说，是不会引起什么好感的。有几位在白天还有兴致来找我谈谈，他们很怕在黄昏时分走进这个院子。万一有事，不得不来，也一定在大门口向工友再三打听，我是否真在家里，然后才有勇气，跋涉过那一个长长的胡同，走过深深的院子，来到我的屋里。有一次，我出门去了，看门的工友没有看见。一位朋友走到我住的那个院子里，在黄昏的微光中，只见一地树影，满院石棺，我那小窗上却没有灯光。他的腿立刻抖了起来，费了好大力量，才拖着它们走了出去。第二天我们见面时，谈到这点经历，两人相对大笑。

我是不是也有孤寂之感呢？应该说是有的。当时正是"万家墨面没蒿莱"的时代，北京城一片黑暗。白天在学校里的时候，同青年同学在一起，从他们那蓬蓬勃勃的斗争意志和生命活力里，还可以吸取一些力量和快乐，精神十分振奋。但是，一到晚上，当我孤零零一个人走回这个所谓家的时候，我仿佛遗世而独立。没有人声，没有电灯，没有一点活气。在煤油灯的微光中，我只看到自己那高得、大得、黑得惊人的身影在四面的墙壁上晃动，仿佛是有个巨灵来到我的屋内。寂寞像毒蛇似的偷偷地袭来，折磨着我，使我无所逃于天地之间。

在这样无可奈何的时候，有一天，在傍晚的时候，我从外面一走进那个院子，蓦地闻到一股似浓似淡的香气。我抬头一看，原来是遮满院子的马缨花开花了。在这以前，我知道这些树都是马缨花，但是我却没有十分注意它们。今天它们用自己的香气告诉了我它们的存在。这对我似乎是一件新事。我不由得就站在树下，仰头观望：细碎的叶子密密地搭成了一座天棚，天棚上面是一层粉红色的细丝般的花瓣，远处望去，就像是绿云层上浮上了一团团的红雾。香气就是从这一片绿云里洒下来的，洒满了整个院子，洒满了我的全身，使我仿佛游泳在香海里。

花开也是常有的事，开花有香气更是司空见惯。但是，在这样一个时候，这样一个地方，有这样的花，有这样的香，我就觉得很不寻常；有花香慰我寂寥，我甚至有一些近乎感激的心情了。

从此，我就爱上了马缨花，把它当成了自己的知心朋友。

北京终于解放了。一九四九年的十月一日给全中国带来了光明与希望，给全世界带来了光明与希望。这一个具有重大意义的日子在我的生命里划上了一道鸿沟，我仿佛重新获得了生命。可惜不久我就搬出了那个院子，同那些可爱的马缨花告别了。

时间也过得真快，到现在，才一转眼的工夫，已经过去了十三年。这十三年是我生命史上最重要、最充实、最有意义的十三年。我看了很多新东西，学习了很多新东西，走了很多新地方。我当然也看了很多奇花异草。我曾在亚洲大陆最南端科摩林海角看到高凌霄汉的巨树上开着大朵的红花，我曾在缅甸的避暑胜地东枝看到开满了小花园的火红耀眼的不知名的花朵，我也曾在塔什干看到长得像小树般的玫瑰花。这些花都是异常美妙动人的。

然而使我深深地怀念的却仍然是那些平凡的马缨花。我是多么想见到它们呀！

最近几年来，北京的马缨花似乎多起来了。在公园里，在马路旁边，在大旅馆的前面，在草坪里，都可以看到新栽种的马缨花。细碎的叶子密密地搭成了一座座的天棚，天棚上面是一层粉红色的细丝般的花瓣。远处望去，就像是绿云层上浮上了一团团的红雾。这绿云红雾飘满了北京。衬上红墙、黄瓦，给人民的首都增添了绚丽与芬芳。

我十分高兴。我仿佛是见了久别重逢的老友。但是，我却隐隐约约地感觉到，这些马缨花同我回忆中的那些很不相同。叶子仍然是那样的叶子，花也仍然是那样的花，在短短的十几年以内，它决不会变了种。它们的不同之处究竟何在呢？

我最初确实是有些困惑，左思右想，只是无法解释。后来，我扩大了我回忆的范围，不把回忆死死地拴在马缨花上面，而是把当时所有同我有关的事物都包括在里面。不管我是怎样喜欢院子里那些马缨花，不管我是怎样爱回忆它们，回忆的范围一扩大，同它们联系在一起的不是黄昏，就是夜雨，否则就是迷离凄苦的梦境。我好像是在那些可爱的马缨花上面从来没有见到哪怕是一点点阳光。

然而，今天摆在我眼前的这些马缨花，却仿佛总是在光天化日之下。即使是在黄昏时候，在深夜里，我看到它们，它们也仿佛是生气勃勃，同浴在阳光里一样。它们仿佛想同灯光竞赛，同明月争辉。同我回忆里那些马缨花比起来，一个是照相的底片，一个是洗好的照片；一个是影，一个是光。影中的马缨花也许是值得留恋的，但是光中的马缨花不是更可爱吗？

我从此就爱上了这光中的马缨花,而且我也爱藏在我心中的这一个光与影的对比。它能告诉我很多事情,带给我无穷无尽的力量,送给我无限的温暖与幸福;它也能促使我前进。我愿意马缨花永远在这光中含笑怒放。

一九六二年十月一日

冬天的麻雀

周作人

我们住房的前面是一个院子，窗外东边是一株半枯的丁香和一丛黄刺梅，西边稍远是一棵槐树，虽在初春还是光光的树枝，同冬天一个样子，显得很是寂寞。院子里养着两只鸡，原是一公一母，可是母的是油鸡，公的却是来杭鸡，因为当初本有十几只小鸡，内有来杭鸡与油鸡两种，经野猫与家猫的侵略，逐渐减少，等到把家猫送了人，野猫赶走了的时候，剩下来的小鸡也就只有这两只了。他们宿在院子西北隅的一个柳条篓内，白天在阶下啄食，每到相当时候如不给撒点红高粱之类，公鸡便会飞上窗沿来，看里边的人为什么那么怠惰。还有一群揩油的麻雀，常停在黄刺梅丛中等候，这时也有一两只飞近门来，碰着玻璃发出声响。公鸡平常见了猫和小孩子要追了去啄或是脚踢，对于麻雀却并不排斥，让他们一同吃着，有人开门出去，麻雀才成阵的逃去，但仍旧坐在黄刺梅枝上，看人也颇信任似的，大概谅解主人们是无机心的吧。那些麻雀似乎相当肥胖，想必每天要分去好些鸡的口粮，乡下有俗语云，"只要年成熟，麻鸟吃得几颗谷"，虽是旧思想，也说的不无理由。麻雀吃了些食料，既不会生蛋，我们也不想吃他的肉，自然是白吃算了，可是他们平时分别在檐前树上或飞或坐，任意鸣叫，即即足足的虽然不成腔调，却也好听，特别是在这时候仿佛觉得春天已经来了，比笼养着名贵的鸣禽听了更有意思。

我前年在上海居于横浜河畔，自冬徂夏有半年多，却不曾见到几只麻雀，即此一端，我也觉得北京要比上海为好了。

巩乃斯的马

周涛

没话找话就招人讨厌,话说得没意思就让人觉得无聊,还不如听吵架提神。吵架骂仗是需要激情的。

我发现,写文章的时候就像一匹套在轭具和辕木中的马,想到那片水草茂盛的地方去,却不能摆脱道路,更摆脱不了车夫的驾驭,所以走来走去,永远在这条枯燥的路面上。

我向往草地,但每次走到的,却总是马厩。

我一直对不爱马的人怀有一点偏见,认为那是由于生气不足和对美的感觉迟钝所造成的,而且这种缺陷很难弥补。有时候读传记,看到有些了不起的人物以牛或骆驼自喻,就有点替他们惋惜,他们一定是没见过真正的马。

在我眼里,牛总是有点落后的象征的意思,一副安贫知命的样子，这大概是由于过分提倡"老黄牛"精神引起的生理反感。骆驼却是沙漠的怪胎，为了适应严酷的环境，把自己改造得那么丑陋畸形。至于毛驴，顶多是个黑色幽默派的小丑，难当大用。它们的特性和模样，都清清楚楚地写着人类对动物的征服，生命对强者的屈服，所以我不喜欢。它们不是作为人类朋友的形象出现的，而是俘虏，是仆役。有时候，看到小孩子鞭打牛，高大的骆驼在妇人面前下跪，发情的毛驴被缚在车套里龇牙大鸣，我心里便产生一种悲哀和怜悯。

那卧在盐车之下哀哀嘶鸣的骏马和诗人臧克家笔下的"老马"，不也是可悲的吗？但是不同。那可悲里含有一种不公，这一层含义在别的畜生中是没有的。在南方，我也见到过矮小的马，样子有些滑稽，但那不是它的过错。既然橘树有自己的土壤，马当然有它的故乡了。自古好马生塞北。在伊犁，在巩乃斯大草原，马作为茫茫天地之间的一种尤物，便呈现了它的全部魅力。

那是一九七〇年，我在一个农场接受"再教育"，第一次触摸到了冷酷、丑恶、冰凉的生活实体。不正常的政治气息像潮闷险恶的黑云一样压在头顶上，使人压抑到不能忍受的地步。高强度的体力劳动并不能打击我对生活的热爱，精神上的压抑却有可能摧毁我的信念。

终于有一天夜晚，我和一个外号叫"蓝毛"的长着古希腊人脸型的上士一起爬起来，偷偷摸进马棚，解下两匹喉咙里滚动着咴咴低鸣的骏马，在冬夜旷野的雪地上奔驰开了。

天低云暗，雪地一片模糊，但是马不会跑进巩乃斯河里去。雪原右侧是巩乃斯河，形成了沿河的一道陡直的不规则的土壁。光背的马儿驮着我们在土壁顶上的雪原轻快地小跑，喷着鼻息，四蹄发出"嚓嚓"的有节奏的声音，最后大颠着狂奔起来。随着马的奔驰、起伏、跳跃和喘息，我们的心情变得开朗、舒展，压抑消失，豪兴顿起。在空旷的雪野上打着呼哨乱喊，在颠簸的马背上感受自由的亲切和驾驭自己命运的能力，是何等痛快舒畅啊！我们高兴得大笑，笑得从马背上栽下来，躺在深雪里还是止不住地狂笑，直到笑得眼睛里流出了泪水……

那两匹可爱的光背马，这时已在近处缓缓停住，低垂着脖颈，一副歉疚地想说"对不起"的神态，它们温柔的眼睛里仿佛充满了怜悯和抱怨，还有一点诧异，弄不懂我们这两个人究竟是怎么了。我拍拍马的脖颈，抚摸一会儿它的鼻梁和嘴唇，它会意了，抖抖鬃毛像抖掉疑虑，跟着我们慢慢走回去。一路上，我们谈着马，闻着身后热烘烘的马汗味和四围里新鲜刺鼻的气息，觉得好像不是走在冬夜的雪原上。

马能给人以勇气，给人以幻想，这也不是笨拙的动物所能有的。在巩乃斯后来的那些日子里，观察马渐渐成了我的一种艺术享受。

我喜欢看一群马,那是一个马的家族在夏牧场上游移,散乱而有秩序,首领就是那里面一眼就望得出的种公马,它是马群的灵魂。作为这群马的首领当之无愧,因为它的确是无与伦比地强壮和美丽,匀称高大,毛色闪闪发光,最明显的特征是颈上披散着垂地的长鬃,有的浓黑,流泻着力与威严;有的金红,燃烧着火焰般的光彩。它管理着保护着这群牝马和顽皮的长腿短身子马驹儿,眼光里保持着父爱般的尊严。

在马的这种社会结构中,首领的地位是由强者在竞争中确立的,任何一匹马都可以争雄,通过追逐、撕咬、拼斗,使最强的马成为公认的首领。为了保证这群马的品种不至于退化,就不能搞"指定",不能看谁和种公马的关系好,也不能凭血缘关系接班。

生存竞争的规律使一切生物把生存下去作为第一意识,而人却有时候会忘记,造成许多误会。

唉,天似穹庐,笼盖四野。在巩乃斯草原度过的那些日子里,我与世界隔绝,生活单调;人与人互相警惕,唯恐失一言而遭灭顶之祸,心灵寂寞。只有一个乐趣——看马。好在巩乃斯草原马多,不像书可以被焚,画可以被禁,知识可以被践踏,马总不至于被驱逐出境吧?这样,我就从马的世界里找到了奔驰的诗韵,辽阔草原的油画,夕阳落照中兀立于荒原的群雕,大规模转场时铺散在山坡上的好文章,熊熊篝火边的通宵马经。毡房里悠长喑哑的长歌在烈马苍凉的嘶鸣中展开，醉酒的青年哈萨克在群犬的追逐中纵马狂奔，东倒西歪地俯身鞭打猛犬，这一切使我蓦然感受到生活不朽的壮美和那时潜藏在我们心里的共同忧郁……

噢，巩乃斯的马，给了我一个多么完整的世界！凡是那时被取消的，你都重新给予了我！弄得我直到今天听到马蹄踏过大地的有力声响时，还会在屋子里坐卧不宁，总想出去看看是一匹什么样的马走过去了。而且我还听不得马嘶，一听到那铜号般高亢、鹰啼般苍凉的声音，我就热血陡涌、热泪盈眶，大有战士出征走上古战场，"风萧萧兮易水寒"的悲壮之慨。

有一次，我碰上巩乃斯草原夏日迅疾猛烈的暴雨，那雨来势之快，可以使悠然在晴空盘旋的孤鹰来不及躲避而被击落，雨脚之猛，竟能把牧草覆盖的原野一瞬间打得烟尘滚滚。就在那场短暂暴雨的豪打下，我见到了最壮阔的马群奔跑的场面。仿佛分散在所有山谷里的马都被赶到这儿来了，好家伙，被暴雨的长鞭抽打着，被低沉的怒雷恐吓着，被刺进大地倏忽消逝的闪电激奋着，马，这不肯安分的牲灵从无数谷口、山坡涌出来，山洪奔泻似的在这原野上汇集了，小群汇成大群，大群在运动中扩展，成为一片喧叫、纷乱、快速移动的集团冲锋场面！争先恐后，前呼后应，披头散发，淋漓尽致！有的疯狂地向前奔驰，像一队尖兵，要去踏住那闪电；有的来回奔跑，俨然临危不惧、收拾残局的大将；小马跟着母马认真而紧张地跑，不再顽皮、撒欢，一下子变得老练了许多；牧人在不可收拾的"潮水"中被裹挟，大喊大叫，却毫无声响，他的喊声像一块小石片跌进奔腾喧嚣的大河。

雄浑的马蹄声在大地奏出鼓点，悲怆苍劲的嘶鸣、叫喊在拥挤的空间碰撞、飞溅，画出一条条不规则的曲线，扭住、缠住漫天雨网，和雷声雨声交织成惊心动魄的大舞台。而这一切，得在飞速移动中展现，几分钟后，马群消失，暴雨停歇，你再看不见了。

我久久地站在那里，发愣、发痴、发呆。我见到了，见过了，这世间罕见的奇景，这无可替代的伟大的马群，这古战场的再现，这交响乐伴奏下的复活的雕塑群和油画长卷！我把这几分钟间见到的记在脑子里，相信，它所给予我的将使我终身受用不尽……

马就是这样，它奔放有力却不让人畏惧，毫无凶暴之相；它优美柔顺却不任人随意欺凌，并不懦弱，我说它是进取精神的象征，是崇高感情的化身，是力与美的巧妙结合恐怕也并不过分。屠格涅夫有一次在他的庄园里说托尔斯泰"大概您在什么时候当过马"，因为托尔斯泰不仅爱马、写马，并且坚信"这匹马能思考并且是有感情的"。它常和历史上的那些伟大的人物、民族的英雄一起被铸成铜像屹立在最醒目的地方。

过去我认为，只有《静静的顿河》才是马的史诗；离开巩乃斯之后，我不这么看了。巩乃斯的马，这些古人称之为骐骥、称之为汗血马的英气勃勃的后裔们，日出而撒欢，日入而哀鸣，它们好像永远是这样散漫而又有所期待，这样原始而又有感知，这样不假雕饰而又优美，这样我行我素而又不会被世界所淘汰。成吉思汗的铁骑作为一个兵种已经消失，"六根棍"马车作为一种代步工具已被淘汰，但是马却不会被什么新玩意儿取代，它们有它们的价值。

牛从挽用变为食用，仍然是实用物；毛驴和骆驼将会成为动物园里的展览品，因为它们只会越来越稀少；而马，当车辆只是在实用意义上取代了它们、解放了它们的时候，它们从实用物进化为一种艺术品的时候恰恰开始了。

值得自豪的是我们中国有好马。从秦始皇的兵马俑、铜车马到唐太宗的六骏，从马踏飞燕的奇妙构想到大宛汗血马的美妙传说，从关云长的赤兔马到朱德总司令的长征坐骑……纵览马的历史，还会发现它和我们民族的历史紧密相连着。这也难怪，骏马与武士与英雄本有着难以割舍的亲缘关系呢，彼此作用的相互发挥、彼此气质的相互补益，曾创造出多少叱咤风云的壮美形象。纵使有一天马终于脱离了征战这一辉煌事业，人们也随时会从军人的身上发现马的神韵和遗风。我们有多少关于马的故事啊，我们是十分爱马的民族呢。至今，如同我们的一切美好的传统都像黄河之水似的遗传下来那样，我们的历代名马的筋骨、血脉、气韵、精神也都遗传下来了。那种"龙马精神",就在巩乃斯的良种马身上——

  此马非凡马,房星本是星;
  向前敲瘦骨,犹自带铜声。

  我想,即便我一直固执地对不爱马的人怀一点偏见,恐怕也是可以得到谅解的吧。

一九八四年

葡萄月令

汪曾祺

一月,下大雪。

雪静静地下着。果园一片白。听不到一点声音。

葡萄睡在铺着白雪的窖里。

二月里刮春风。

立春后,要刮四十八天"摆条风"。风摆动树的枝条,树醒了,忙忙地把汁液送到全身。树枝软了。树绿了。

雪化了,土地是黑的。

黑色的土地里,长出了茵陈蒿。碧绿。

葡萄出窖。

把葡萄窖一锹一锹挖开。挖下的土,堆在四面。葡萄藤露出来了,乌黑的。有的梢头已经绽开了芽苞,吐出指甲大的苍白的小叶。它已经等不及了。

把葡萄藤拉出来,放在松松的湿土上。

不大一会儿,小叶就变了颜色,叶边发红;——又不大一会儿,绿了。

三月,葡萄上架。

先得备料。把立柱、横梁、小棍,槐木的、柳木的、杨木的、桦木的,按照树棵大小,分别堆放在旁边。立柱有汤碗口粗的、饭碗口粗的、茶杯口粗的。一棵大葡萄得用八根、十根,乃至十二根立柱。中等的,六根、四根。

先刨坑,竖柱。然后搭横梁,用粗铁丝摽紧。然后搭小棍,用细铁丝缚住。

然后,请葡萄上架。把在土里趴了一冬的老藤扛起来,得费一点劲儿。大的,得四五个人一起来。"起!——起!"哎,它起来了。把它放在葡萄架上,把枝条向三面伸开,像五个指头一样地伸开,扇面似的伸开。然后,用麻筋在小棍上固定住。葡萄藤舒舒展展,凉凉快快地在上面待着。

上了架,就施肥。在葡萄根的后面,距主干一尺,挖一道半月形的沟,把大粪倒在里面。葡萄上大粪,不用稀释,就这样把原汁大粪倒下去。大棵的,得三四桶。小葡萄,一桶也就够了。

四月,浇水。

挖窖挖出的土,堆在四面,筑成垄,就成一个池子。池里放满了水。葡萄园里水汽泱泱，沁人心肺。

葡萄喝起水来是惊人的。它真是在喝！葡萄藤的组织跟别的果树不一样，它里面是一根一根细小的导管。这一点，中国的古人早就发现了。《图经》云："根苗中空相通。圃人将货之，欲得厚利，暮溉其根，而晨朝水浸子中矣，故俗呼其苗为木通。""暮溉其根，而晨朝水浸子中矣"是不对的。葡萄成熟了，就不能再浇水了。再浇，果粒就会涨破。"中空相通"却是很准确的。浇了水，不大一会儿，它就从根直吸到梢，简直是小孩嘬奶似的拼命往上嘬。浇过了水，你再回来看看吧：梢头切断过的破口，就嗒嗒地往下滴水了。

是一种什么力量使葡萄拼命地往上吸水呢？

施了肥，浇了水，葡萄就使劲儿抽条、长叶子。真快！原来是几根枯藤，几天工夫，就变成青枝绿叶的一大片。

五月，浇水、喷药、打梢、掐须。

葡萄一年不知道要喝多少水，别的果树都不这样。别的果树都是刨一个"树碗"，往里浇几担水就得了，没有像它这样的："漫灌"，整池子地喝。

喷波尔多液。从抽条长叶，一直到坐果成熟，不知道要喷多少次。喷了波尔多液，太阳一晒，葡萄叶子就都变成蓝的了。

葡萄抽条，丝毫不知节制，它简直是瞎长！几天工夫，就抽出好长的一节的新条。这样长法还行呀，还结不结果呀？因此，过几天就得给它打一次条。葡萄打条，也用不着什么技巧，是个人就能干，拿起树剪，噼噼啪啪，把新抽出来的一截都给它铰了就得了。一铰，一地的长着新叶的条。

葡萄的卷须，在它还是野生的时候是有用的，好攀附在别的什么树木上。现在，已经有人给它好好地固定在架上了，就一点用也没有了。卷须这东西最耗养分——凡是作物，都是优先把养分输送到顶端，因此，长出来就给它掐了，长出来就给它掐了。

葡萄的卷须有一点淡淡的甜味。这东西如果腌成咸菜，大概不难吃。

五月中下旬，果树开花了。果园美极了。梨树开花了，苹果树开花了，葡萄也开花了。

都说梨花像雪，其实苹果花才像雪。雪是厚重的，不是透明的。梨花像什么呢？——梨花的瓣子是月亮做的。

有人说葡萄不开花，哪儿能呢！只是葡萄花很小，颜色淡黄微绿，不钻进葡萄架是看不出的。而且它开花期很短。很快，就结出了绿豆大的葡萄粒。

六月，浇水、喷药、打条、掐须。

葡萄粒长了一点了，一颗一颗，像绿玻璃料做的纽子。硬的。

葡萄不招虫。葡萄会生病，所以要经常喷波尔多液。但是它不像桃，桃有桃食心虫；梨，梨有梨食心虫。葡萄不用疏虫果。——果园每年疏虫果是要费很多工的。虫果没有用,黑黑的一个半干的球,可是它耗养分呀!所以,要把它"疏"掉。

七月,葡萄"膨大"了。

掐须、打条、喷药,大大地浇一次水。

追一次肥。追硫铵。在原来施粪肥的沟里撒上硫铵。然后,就把沟填平了,把硫铵封在里面。

汉朝是不会追这次肥的,汉朝没有硫铵。

八月,葡萄"着色"。

你别以为我这里是把画家的术语借用来了。不是的。这是果农的语言,他们就叫"着色"。

下过大雨,你来看看葡萄园吧,那叫好看!白的像白玛瑙,红的像红宝石,紫的像紫水晶,黑的像黑玉。一串一串,饱满、瓷实、挺括,璀璨琳琅。你就把《说文解字》里的玉字偏旁的字都搬了来吧,那也不够用呀!

可是你得快来!明天,对不起,你全看不到了。我们要喷波尔多液了。一喷波尔多液,它们的晶莹鲜艳全都没有了,它们蒙上一层蓝纷纷、白糊糊的东西,成了磨砂玻璃。我们不得不这样干。葡萄是吃的,不是看的。我们得保护它。

过不两天,就下葡萄了。

一串一串剪下来,把病果、瘪果去掉,妥妥地放在果筐里。果筐满了,盖上盖,要一个棒小伙子跳上去蹦两下用麻筋缝的筐盖。——新下的果子，不怕压，它很结实，压不坏。倒怕是装不紧，咣里咣当的。那，来回一晃悠，全得烂！

葡萄装上车，走了。

去吧，葡萄，让人们吃去吧！

九月的果园像一个生过孩子的少妇，宁静、幸福而慵懒。

我们还给葡萄喷一次波尔多液。噢，下了果子，就不管了？人，总不能这样无情无义吧。

十月，我们有别的农活。我们要去割稻子。葡萄，你愿意怎么长，就怎么长着吧。

十一月。葡萄下架。

把葡萄架拆下来。检查一下，还能再用的，搁在一边。糟朽了的，只好烧火。立柱、横梁、小棍，分别堆垛起来。

剪葡萄条。干脆得很，除了老条，一概剪光。葡萄又成了一个大秃子。

剪下的葡萄条，挑有三个芽眼的，剪成二尺多长的一截，捆起来，放在屋里，准备明春插条。

其余的，连枝带叶，都用竹笤帚扫成一堆，装走了。

葡萄园光秃秃。

十一月下旬，十二月上旬，葡萄入窖。

这是个重活。把老本放倒，挖土把它埋起来。要埋得很厚实。外面要用铁锹拍平。这个活不能马虎。都要经过验收，才给记工。

葡萄窖,一个一个长方形的土墩墩。一行一行,整整齐齐地排列着。风一吹,土色发了白。

这真是一年的冬景了。热热闹闹的果园,现在什么颜色都没有了。眼界空阔,一览无余,只剩下发白的黄土。

下雪了。我们踏着碎玻璃碴似的雪,检查葡萄窖,扛着铁锹。

一到冬天,要检查几次。不是怕别的,怕老鼠打了洞。葡萄窖里很暖和,老鼠爱往这里面钻。它倒是暖和了,咱们的葡萄可就受了冷啦!

一九八一年

辑六

也是夕阳，也是旭日

燕子去了，有再来的时候；
杨柳枯了，有再青的时候；
桃花谢了，有再开的时候。
但是，聪明的，你告诉我，
我们的日子为什么一去不复返呢？

匆匆

朱自清

燕子去了,有再来的时候;杨柳枯了,有再青的时候;桃花谢了,有再开的时候。但是,聪明的,你告诉我,我们的日子为什么一去不复返呢?——是有人偷了他们罢:那是谁?又藏在何处呢?是他们自己逃走了罢:现在又到了哪里呢?

我不知道他们给了我多少日子;但我的手确乎是渐渐空虚了。在默默里算着,八千多日子已经从我手中溜去;像针尖上一滴水滴在大海里,我的日子滴在时间的流里,没有声音,也没有影子。我不禁头涔涔而泪潸潸了。

去的尽管去了,来的尽管来着;去来的中间,又怎样地匆匆呢?早上我起来的时候,小屋里射进两三方斜斜的太阳。太阳他有脚啊,轻轻悄悄地挪移了;我也茫茫然跟着旋转。于是——洗手的时候，日子从水盆里过去；吃饭的时候，日子从饭碗里过去；默默时，便从凝然的双眼前过去。我觉察他去的匆匆了，伸出手遮挽时，他又从遮挽着的手边过去，天黑时，我躺在床上，他便伶伶俐俐地从我身上跨过，从我脚边飞去了。等我睁开眼和太阳再见，这算又溜走了一日。我掩着面叹息。但是新来的日子的影儿又开始在叹息里闪过了。

在逃去如飞的日子里，在千门万户的世界里的我能做些什么呢？只有徘徊罢了，只有匆匆罢了；在八千多日的匆匆里，除徘徊外，又剩些什么呢？过去的日子如轻烟，被微风吹散了，如薄雾，被初阳蒸融了；我留着些什么痕迹呢？我何曾留着像游丝样的痕迹呢？我赤裸裸来到这世界，转眼间也将赤裸裸的回去罢？但不能平的，为什么偏要白白走这一遭啊？

你聪明的，告诉我，我们的日子为什么一去不复返呢？

1922年3月28日

忙

老舍

近来忙得出奇。恍忽之间,仿佛看见一狗,一马,或一驴,其身段神情颇似我自己;人兽不分,忙之罪也!

每想随遇而安,贫而无谄,忙而不怨。无谄已经作到;无论如何不能欢迎忙。

这并非想偷懒。真理是这样:凡真正工作,虽流汗如浆,亦不觉苦。反之,凡自己不喜作,而不能不作,作了又没什么好处者,都使人觉得忙,且忙得头疼。想当初,苏格拉底终日奔忙,而忙得从容,结果成了圣人;圣人为真理而忙,故不手慌脚乱。即以我自己说,前年写《离婚》的时候,本想由六月初动笔,八月十五交卷。及至拿起笔来,天气热得老在九十度以上,心中暗说不好。可是写成两段以后,虽腕下垫吃墨纸以吸汗珠,已不觉得怎样难受了。"七"月十五日居然把十二万字写完！因为我爱这种工作哟！我非圣人，也知道真忙与瞎忙之别矣。

所谓真忙，如写情书，如种自己的地，如发现九尾彗星，如在灵感下写诗作画，虽废寝忘食，亦无所苦。这是真正的工作，只有这种工作才能产生伟大的东西与文化。人在这样忙的时候，把自己已忘掉，眼看的是工作，心想的是工作，作梦梦的是工作，便无暇计及利害金钱等等了；心被工作充满，同时也被工作洗净，于是手脚越忙，心中越安怡，不久即成圣人矣。情书往往成为真正的文学，正在情理之中。

所谓瞎忙，表面上看来是热闹非常，其实呢它使人麻木，使文化退落，因为忙得没意义，大家并不愿作那些事，而不敢不作；不作就没饭吃。在这种忙乱情形中，人们像机器般的工作，作完了一饱一睡，或且未必一饱一睡，而半饱半睡。这里，只有奴隶，没有自由人；奴隶不会产生好的文化。这种忙乱把人的心杀死，而身体也不见得能健美。它使人恨工作，使人设尽方法去偷油儿。我现在就是这样，一天到晚在那儿作事，全是我不爱作的。我不能不去作，因为眼前有个饭碗；多咱我手脚不动，那个饭碗便拍的一声碎在地上！我得努力呀，原来是为那个饭碗的完整，多么高伟的目标呀！试观今日之世界，还不是个饭碗文明！

因此，我羡慕苏格拉底，而恨他的时代。苏格拉底之所以能忙成个圣人，正因为他的社会里有许多奴隶。奴隶们为苏格拉底作工，而苏格拉底们乃得忙其所乐意忙者。这不公道！在一个理想的文化中，必能人人工作，而且乐意工作，即便不能完全自由，至少他也不完全被责任压得翻不过身来，他能把眼睛从饭碗移开一会儿，而不至立刻拍的一声打个粉碎。在这样的社会里，大家才会真忙，而忙得有趣，有成绩。在这里，懒是一种惩罚；三天不作事会叫人疯了；想想看，灵感来了，诗已在肚中翻滚，而三天不准他写出来，或连哼哼都不许！懒，在现在的社会里，是必然的结果，而且不比忙坏；忙出来的是什么？那末，懒又有什么不可以呢？

　　世界上必有那么一天，人类把忙从工作中赶出去，大家都晓得，都觉得，工作的快乐，而越忙越高兴；懒还不仅是一种羞耻，而是根本就受不了的。自然，我是看不到那样的社会了；我只能在忙得——瞎忙——要哭的时候这么希望一下吧。

最苦与最乐

梁启超

人生甚么事最苦呢？贫吗？不是。病吗？不是。失意吗？不是。老吗？死吗？都不是。我说人生最苦的事，莫苦于身上背着一种未了的责任。

人若能知足，虽贫不苦；若能安分（不多作分外希望），虽然失意不苦；老、死乃人生难免的事，达观的人看得很平常，也不算什么苦。独是凡人生在世间一天，便有一天应该的事。该做的事没有做完，便像是有几千斤重担子压在肩头，再苦是没有的了。为甚么呢？因为受那良心责备不过，要逃躲也没处逃躲呀！

答应人办一件事没有办，欠了人的钱没有还，受了人的恩惠没有报答，得罪了人没有赔礼，这就连这个人的面也几乎不敢见他；纵然不见他的面，睡里梦里，都像有他的影子来缠着我。为甚么呢？因为觉得对不住他呀！因为自己对他的责任，还没有解除呀！不独是对于一个人如此，就是对于家庭、对于社会、对于国家，乃至对于自己，都是如此。凡属我受过他好处的人，我对于他便有了责任。凡属我应该做的事，而且力量能够做得到的，我对于这件事便有了责任。凡属我自己打主意要做一件事，便是现在的自己和将来的自己立了一种契约，便是自己对于自己加一层责任。有了这责任，那良心便时时刻刻监督在后头，一日应尽的责任没尽，到夜里头便是过的苦痛日子；一生应尽的责任没有尽，便死也带着苦痛往坟墓里去。这种苦痛却比不得普通的贫，病，老，可以达观排解得来。所以我说人生没有苦痛便罢，若有苦痛，当然没有比这个加重的了。

翻过来看，甚么事最快乐呢？自然责任完了，算是人生第一件乐事。古语说得好："如释重负"；俗语亦说是："心上一块石头落了地"。人到这个时候，那种轻松愉快，直不可以言语形容。责任越重大，负责的日子越久长，到责任完了时，海阔天空，心安理得，那快乐还要加几倍哩！大抵天下事从苦中得来的乐才算真乐。人生须知道有负责任的苦处，才能知道有尽责任的乐处。这种苦乐循环，便是这有活力的人间一种趣味。却是不尽责任，受良心责备，这些苦都是自己找来的。一翻过来，处处尽责任，便处处快乐；时时尽责任，便时时快乐。快乐之权，操之在己。孔子所以说"无入而不自得"，正是这种作用哩！

然则为什么孟子又说"君子有终身之忧"呢？因为越是圣贤豪杰，他负的责任越是重大；而且他常要把种种责任来揽在身上，肩头的担子从没有放下的时节。曾子还说哩："任重而道远""死而后已，不亦远乎？"那仁人志士的忧民忧国，那诸圣诸佛的悲天悯人，虽说他是一辈子感受苦痛，也都可以。但是他日日在那里尽责任，便日日在那里得苦中真乐，所以他到底还是乐，不是苦呀！

有人说："既然这苦是从负责任而生的，我若是将责任卸却，岂不是就永远没有苦了吗？"这却不然，责任是要解除了才没有，并不是卸了就没有。人生若能永远像两三岁小孩，本来没有责任，那就本来没有苦。到了长成，责任自然压在你的肩头上，如何能躲？不过有大小的分别罢了。尽得大的责任，就得大快乐；尽得小的责任，就得小快乐。你若是要躲，倒是自投苦海，永远不能解除了。

天真与经验

梁遇春

天真和经验好像是水火不相容的东西。我们常以为只有什么经验也没有的小孩子才会天真，他那位饱历沧桑的爸爸是得到经验，而失掉天真了。可是，天真和经验实在并没有这样子不共戴天，它们俩倒很常是聚首一堂。英国最伟大的神秘诗人勃来克著有两部诗集：《天真的歌》(*Songs of Innocence*)同《经验的歌》(*Songs of Experience*)。在天真的歌里，他无忧无虑地信口唱出晶莹甜蜜的诗句，他简直是天真的化身，好像不晓得世上是有龌龊的事情的。然而在经验的歌里，他把人情的深处用简单的辞句表现出来，真是找不出一个比他更有世故的人了，他将伦敦城里扫烟囱小孩子的穷苦，娼妓的厄运说得辛酸凄迷，可说是看尽人间世的烦恼。可是他始终仍然是那么天真，他还是常常亲眼看见天使；当他的工作没有做得满意时候，他就同他的妻子双双跪下，向上帝祈祷。他快死的前几天，那时他结婚已经有四十五年了，一天他看着他的妻子，忽然拿起铅笔叫道："别动！在我眼里你一向是一个天使；我要把你画下。"他就立刻画出她的相貌。这是多么天真的举动。尖酸刻毒的斯惠夫特写信给他那两位知心的女人时候，的确是十足的孩子气，谁去念 The Journal to Stella 这部书信集，也不会想到写这信的人就是 Gulliver's Travels 的作者。斯蒂芬生在他的小品文集《贻青年少女》（Virginibus Puerisque）中，说了许多世故老人的话，尤其是对于婚姻，讲有好些叫年青的爱人们听着会灰心的冷话。但是他却没有失丢了他的童心，他能够用小孩子的心情去叙述海盗的故事，他又能借小孩子的口气，著出一部《小孩的诗园》（A Child's Garden of Verses），里面充满着天真的空气，是一本儿童文学的杰作。可见确然吃了知识的果，还是可以在乐园里逍遥到老。我们大家并不是个个人都像亚当先生那么不幸。

也许有人会说，这班诗人们的天真是装出来的，最少总有点做作的痕迹，不能像小孩子的天真那么浑脱自然，毫无机心。但是，我觉得小孩子的天真是靠不住的，好像个很脆的东西，经不起现实的接触。并且当他们才发现出人情的险诈同世路的崎岖时候，他们会非常震惊，因此神经过敏地以为世上除开计较得失利害外是没有别的东西的，柔嫩的心或者就这么麻木下去，变成个所谓值得父兄赞美的少年老成人了。他们从前的天真是出于无知,值不得什么赞美的,更值不得我们欣羡。桌子是个一无所知的东西,它既不晓得骗人,更不会去骗人,为什么我们不去颂扬桌子的天真呢?小孩子的天真跟桌子的天真并没有多大的分别。至于那班已坠世网的人们的天真就大不同了。他们阅历尽人世间的纷扰,经过了许多得失哀乐,因为看穿了鸡虫得失的无谓,又知道在太阳底下是难逢笑口的,所以肯将一切利害的观念丢开,来任口说去,任性做去,任情去欣赏自然界的快乐。他们以为这样子痛快地活着才是值得的。他们把机心看作是无谓的虚耗,自然而然会走到忘机的境界了。他们的天真可说是被经验锻炼过了,仿佛像在八卦炉里蹲过,做成了火眼金睛的孙悟空。人世的波涛再也不能将他们的天真卷去,他们真是"世路如今已惯,此心到处悠然",这种悠然的心境既然成为习惯,习惯又成天然,所以他们的天真也是浑脱一气,没有刀笔的痕迹的。这个建在理智上面的天真绝非无知的天真所可比拟的,从无知的天真走到这个超然物外的天真,这就全靠着个人的生活艺术了。

忽然记起我自己去年的生活了,那时我同G常作长夜之谈。有一晚电灯灭后,蜡烛上时,我们搓着睡眼,重新燃起一斗烟来,就谈着年青人所最爱谈的题目——理想的女人。我们不约而同地说道最可爱的女子是像卖解,女优,歌女等这班风尘人物里面的痴心人。她们流落半生,看透了一切世态,学会了万般敷衍的办法,跟人们好似是绝不会有情的,可是若使她们真真爱上了一个情人,她们的爱情比一般的女子是强万万倍的。她们不像没有跟男子接触过的女子那样盲目,口是心非的甜言蜜语骗不了她们,暗地皱眉的热烈接吻瞒不过她们的慧眼,她们一定要得到了个一往情深的爱人,才肯来永不移情地心心相托。她们对于爱人所以会这么苛求,全因为她们自己是恳挚万分。至于那班没有经验的女子,她们常常只听到几句无聊的卿卿我我,就以为是了不得了,她们的爱情轻易地结下,将来也就轻易地勾销,这那里可以算作生生死死的深情。不出闺门的女子只有无知,很难有颠扑不破的天真,同由世故的熔炉里铸炼出来的热情。数十年来我们把女子关在深闺里,不给她们一个得到经验的机会,既然没有经验来锻炼,她们当然不容易有个强毅的性格,我们又来怪她们的杨花水性,说了许多混话,这真是太冤枉了。我们把无知误解作天真,不晓得从经验里突围而出的天真才是可贵的,因此上造了这九洲大错,这又要怪谁呢?

没有尝过穷苦的人们是不懂得安逸的好处的,没有感到人生的寂寞的人们是不能了解爱的价值的,同样地未曾有过经验的孺子是不知道天真之可贵的。小孩子一味天真,糊糊涂涂地过日,对于天真并未曾加以认识,所以不能做出天真的诗歌来,笨大的爸爸们尝遍了各种滋味,然后再洗涤俗虑,用锻炼过后的赤子之心来写诗歌,却做也最可喜的儿童文学,在这点上就可以看出人世的经验对于我们是最有益的东西了。老年人所以会和蔼可亲也是因为他们受过了经验的洗礼。必定要对于人世上万物万事全看淡了,然后对于一二件东西的留恋才会倍见真挚动人。宋诗里常有这种意境。欧阳永叔的"棋罢不知人换世,酒阑无奈客思家"同苏长公的"存亡惯见浑无泪,乡井难忘尚有心"全能够表现出这种依依的心情。虽然把人世存亡全置之度外,漠然不动于衷。但是对于客子的思家同自己的乡愁仍然是有些牵情。这种惆怅的情怀是多么清新可喜,我们读起来觉得比处处留情的才子们的滥情是高明得多,这全因为他们的情绪受过了一次蒸馏。从经验里出来的天真会那么带着诗情也是为着同样的缘故。

蔼里斯在他的杰作《性的心理的研究》第六卷里说道:"就说我们承认看着裸体会激动了热情,这个激动还是好的,因为它引起我们的一种良好习惯,自制。为着恐怕有些东西对于我们会有引诱的能力,就赶紧跑到沙漠去住,这也可说是一种可怜的道德了。我们应当知道在文化当中故意去创造出一个沙漠来包围自己,这种举动是比别的要更坏得多了。我们无法去丢热情,即使我们有这个决心;何尔巴哈说得好,理智是教人这样拣择正当的热情,教育是教人们怎样把正当的热情种植培养在人心里面。观看裸体有一个精神上的价值,那可以教我们学会去欣赏我们没有占有着的东西,这个教训是一切良好的社会生活的重要预备训练:小孩子应当学到看见花,而不想去采它;男人应当学到看见着一个女人的美，而不想占有她。"我们所说的天真常是躲在沙漠里，远隔人世的引诱这类的天真。经验陶冶后的天真是见花不采，看到美丽的女人，不动枕席之念的天真。

  人世是这么百怪千奇，人命是这样他生未卜，这个千载一时的看世界机会实在不容错过，绝不可误解了天真意味，把好好的人儿囚禁起来，使他草草地过了一生，并没有尝到做人的意味，而且也不懂得天真的真意了。这种活埋的办法绝非上帝造人的本意，上帝是总有一天会跟这班刽子手算账的。我们还是别当刽子手好罢，何苦手上染着女人小孩子的血呢！

小病

老舍

大病往往离死太近，一想便寒心，总以不患为是。即使承认病死比杀头活埋剥皮等死法光荣些，到底好死不如歹活着。半死不活的味道使盖世的英雄泪下如涌呀。拿死吓唬任何生物是不人道的。大病专会这么吓唬人，理当回避，假若不能扫除净尽。

可是小病便当另作一说了。山上的和尚思凡，比城里的学生要厉害许多。同样，楚霸王不害病则没得可说，一病便了不得。生活是种律动，须有光有影，有左有右，有晴有雨；滋味就含在这变而不猛的曲折里。微微暗些，然后再明起来，则暗得有趣，而明乃更明；且至明过了度，忽然烧断，如百烛电灯泡然。这个，照直了说，便是小病的作用。常患些小病是必要的。

所谓小病，是在两种小药的能力圈内，阿司匹灵与清瘟解毒丸是也。这两种药所不治的病，顶好快去请大夫，或者立下遗嘱，备下棺材，也无所不可，咱们现在讲的是自己能当大夫的"小"病。这种小病，平均每个半月犯一次就挺合适。一年四季，平均犯八次小病，大概不会再患什么重病了。自然也有爱患完小病再患大病的人，那是个人的自由，不在话下。

咱们说的这类小病很有趣。健康是幸福；生活要趣味。所以应当讲说一番：

小病可以增高个人的身分。不管一家大小是靠你吃饭，还是你白吃他们，日久天长，大家总对你冷淡。假若你是挣钱的，你越尽责，人们越挑眼，好像你是条黄狗，见谁都得连忙摆尾；一尾没摆到，即使不便明言，也暗中唾你几口。不大离的你必得病一回，必得！早晨起来，哎呀，头疼！买清瘟解毒丸去，还有阿司匹灵吗？不在乎要什么，要的是这个声势，狗的地位提高了不知多少。连懂点事的孩子也要闭眼想想了——这棵树可是倒不得呀！你在这时节可以发散发散狗的苦闷了，卫生的要术。你若是个白吃饭的，这个方法也一样灵验。特别是妈妈与老嫂子，一见你真需要阿司匹灵，她们会知道你没得到你所应得的尊敬，必能设法安慰你：去听听戏，或带着孩子们看电影去吧？她们诚意的向你商量，本来你的病是吃小药饼或看电影都可以治好的，可是你的身分高多了呢。在朋友中，社会中，光景也与此略同。

此外，小病两日而能自己治好，是种精神的胜利。人就是别投降给大夫。无论国医西医，一律招惹不得。头疼而去找西医，他因不能断证——你的病本来不算什么——一定嘱告你住院，而后详加检验，发现了你的小脚指头不是好东西，非割去不可。十天之后，头疼确是好了，可是足指剩了九个。国医文明一些，不提小脚指头这一层，而说你气虚，一开便是二十味药，他越摸不清你的脉，越多开药，意在把病吓跑。就是不找大夫。预防大病来临，时时以小病发散之，而小病自己会治，这就等于"吃了萝卜喝热茶，气得大夫满街爬！"

有宜注意者：不当害这种病时，别害。头疼，大则失去一个王位，小则能惹出是非。设个小比方：长官约你陪客，你说头疼不去，其结果有不易消化者。怎样利用小病，须在全部生活艺术中搜求出来。看清机会，而后一想象，乃由无病而有病，利莫大焉。

这个，从实际上看，社会上只有一部分人能享受，差不多是一种雅好的奢侈。可是，在一个理想国里，人人应该有这个自由与享受。自然，在理想国内也许有更好的办法；不过，什么办法也不及这个浪漫，这是小品病。

送行

梁实秋

"黯然销魂者,唯别而已矣。"遥想古人送别,也是一种雅人深致。古时交通不便,一去不知多久,再见不知何年,所以南浦唱支骊歌,灞桥折条杨柳,甚至在阳关敬一杯酒,都有意味。李白的船刚要启旋,汪伦老远地在岸上踏歌而来,那幅情景真是历历如在目前。其妙处在于淳朴真挚,出之以潇洒自然。平素莫逆于心,临别难分难舍。如果平常我看着你面目可憎,你觉得我言语无味,一旦远离,那是最好不过,只恨世界太小,唯恐将来又要碰头,何必送行?

在现代人的生活里,送行是和拜寿送殡等一样地成为应酬的礼节之一。"揪着公鸡尾巴"起个大早,迷迷糊糊地赶到车站码头,挤在乱哄哄的人群里面,找到你的对象,扯几句淡话,好容易耗到汽笛一叫，然后鸟兽散，吐一口轻松气，咧着大嘴回家，这叫作周到。在被送的那一方，觉得热闹，人缘好，没白混，而且体面，有这么多人舍不得我走，斜眼看着旁边的没人送的旅客，相形之下，尤其容易起一种优越之感，不禁精神抖擞，恨不得对每个送行的人要握八次手，道十回谢。死人出殡，都讲究要有多少亲人执绋，表示恋恋不舍，何况活人？行色不可不壮。

悄然而行似是不大舒服，如果别的旅客在你身旁耀武扬威地与送行的话别，那会增加旅途中的寂寞。这种情形，中外皆然。Max Beerbohm写过一篇《谈送行》，他说他在车站上遇见一位以演剧为业的老朋友在送一位女客，始而喁喁情话，俄而泪湿双颊，终乃汽笛一声，勉强抑制哽咽，向女郎频频挥手，目送良久而别。原来这位演员是在做戏，他并不认识那位女郎，他是属于"送行会"的一个职员，凡是旅客孤身在外而愿有人到站相送的，都可以到"送行会"去雇人来送。这位演员出身的人当然是送行会的高手，他能放进感情，表演逼真。客人纳费无多，在精神上受惠不浅。尤其是美国旅客，用金钱在国外可以购买一切礼节，如果"送行会"真的普遍设立起来，送行的人也不虞缺乏了。

送行既是人生中所不可少的一桩事，送行的技术也便不可不注意到。如果送行只限于到车站码头报到，握手而别，那么问题就简单，但是我们中国的一切礼节都把"吃"列为最重要的一个项目。一个朋友远别，生怕他饿着走，饯行是不可少的，恨不得把若干天的营养都一次囤积在他肚里。我想任何人都有这种经验，如有远行而消息外露（多半还是自己宣扬），他有理由期望着饯行的帖子纷至沓来，短期间家里可以不必开伙。还有些思虑更周到的人，把食物携在手上，送到车上船上，好像是你在半路上会要挨饿的样子。

　　我永远不能忘记最悲惨的一幕送行。一个严寒的冬夜，车站上并不热闹，客人和送客的人大都在车厢里取暖，但是在长得没有止境的月台上却有黑压压的一堆送行的人，有的围着斗篷，有的戴着风帽，有的脚尖在洋灰地上敲鼓似的乱动，我走近一看全是熟人，都是来送一位太太的。车快开了，不见她的踪影，原来在这一晚她还有几处饯行的宴会。在最后的一分钟，她来了。送行的人们觉得是在接一个人，不是在送一个人，一见她来到大家都表示喜欢，所有惜别之意都来不及表现了。她手上抱着一个孩子，吓得直哭。另一只手扯着一个孩子，连跑带拖。她的头发蓬松着，嘴里喷着热气，像是冬天载重的骡子。她顾不得和送行的人周旋，三步两步地就跳上了车。这时候车已在蠕动。送行的人大部分手里都提着一点东西，无法交付，可巧我站在离车门最近的地方，大家把礼物都交给了我，"请您偏劳给送上去吧！"我好像是一个圣诞老人，抱着一大堆礼物，一个箭步蹿上了车。我来不及致辞，把东西往她身上一扔，回头就走，从车上跳下来的时候，打了几个转才立定脚跟。事后我接到她一封信，她说：

那些送行的都是谁？你丢给我那一堆东西，到底是谁送的？我在车上整理了好半天，才把那堆东西聚拢起来打成一个大包袱。朋友们的盛情算是给我添了一件行李。我愿意知道哪一件东西是哪一位送的，你既是代表送上车的，你当然知道，盼速见告。

计开：

水果三筐，泰康罐头四个，果露两瓶，蜜饯四盒，饼干四罐，豆腐乳四罐，蛋糕四盒，西点八盒，纸烟八听，信纸信封一匣，丝袜两双，香水一瓶，烟灰碟一套，小钟一具，衣料两块，酱菜四篓，绣花鞋一双，大面包四个，咖啡一听，小宝剑两把……

这问题我无法答复，至今是个悬案。

我不愿送人，亦不愿人送我。对于自己真正舍不得离开的人，离别的那一刹那像是开刀，凡是开刀的场合照例是应该先用麻醉剂，使病人在迷蒙中度过那场痛苦，所以离别的苦痛最好避免。一个朋友说："你走，我不送你；你来，无论多大风多大雨，我要去接你。"我最赏识那种心情。

一九四六年

图书在版编目（CIP）数据

也是夕阳，也是旭日 / 史铁生等著. -- 杭州 : 浙江人民出版社, 2025.6. -- ISBN 978-7-213-11907-1

Ⅰ. I267

中国国家版本馆CIP数据核字第2025DK0371号

也是夕阳，也是旭日
YE SHI XIYANG,YE SHI XURI

史铁生　等著

出版发行	浙江人民出版社（杭州市环城北路177号 邮编 310006）
责任编辑	徐　婷
责任校对	杨　帆
封面设计	TT Studio
电脑制版	鸣阅空间
印　　刷	三河市嘉科万达彩色印刷有限公司
开　　本	880 毫米 × 1230 毫米　1/32
印　　张	8
字　　数	151 千字
版　　次	2025 年 6 月第 1 版
印　　次	2025 年 6 月第 1 次印刷
书　　号	ISBN 978-7-213-11907-1
定　　价	55.00 元

如发现图书质量问题，可联系调换。质量投诉电话：010－82069336